代理土地公 執業中！

Novel 佐維 Illust Riv

U0080766

李博翔

本故事男主角，二十歲大學生，因緣際會之下成了山上土地公廟的代理土地公。半人半神的他，不只要實現人類的祈願，更要解決精怪的煩惱！

時柔

本故事女主角，阿翔的青梅竹馬，特愛看宮廷劇。她個性溫柔婉約，家事萬能，可謂文武雙全、能內能外又任勞任怨的女超人。

神荼&鬱壘

土地公廟的左右門神

平常的工作除了守門之外，就是泡茶吃點心，以及幫忙阿翔熟悉土地公的業務。

小虎喵

傲嬌虎爺

不滿前任土地公因升官上天而「拋棄」她，所以對代理土地公阿翔的態度很差，可實際上她只是刀子口豆腐心。

愛哭小狐仙

阿麗

俏麗的小狐仙，努力的學習色誘之術，卻因為沒有戀愛經驗又太笨，很容易失敗。

劉城隍

本區城隍爺

對阿翔身為凡人卻來代理土地公一事有所懷疑，不過並沒有因此否定阿翔，而是盡量給予協助。

CONTENTS

01

你放心，死不了的！

THE DEPUTY OF THE GOD OF THE EARTH IS IN PRACTICE.

「……真的假的啊？」

騎著機車，我停在從來沒到過的一個小十字路口上等紅燈。雖然這裡我從沒來過，但我對眼前的景象卻感到非常的熟悉。

當交通號誌從紅色轉為綠色的瞬間，我催動機車油門，沿著腦子裡面那既熟悉又陌生的路徑前進。

經過了幾個街口，路徑開始轉往山上的方向。

我很肯定自己是第一次來，但我對該怎麼走卻有著不可思議的熟悉度，就好像過去幾天我每天都在走這條路線一樣。

的確，我沒走過。

但我夢到過。

我是一個在臺中唸大學的學生。我叫做李博翔。附帶一提，大家都叫我土地公，但原因我不想講。

扣掉這個有點莫名其妙的外號不談，其實我這人也沒啥好說的，比較值得一提的，可能就是我老家在新北市某區開了間土地公廟，我老爸是個廟公。還有，因為我小時候很難帶，所以在經過算命的安排之下，取得廟裡土地公的同意之後，我就認了他做乾爹。

回到一開始所說的，為什麼我會騎著機車去一條明明沒走過卻又莫名熟悉的路呢？其實我主要是想趁著今天下午沒課，去處理一件令我感到困擾的事情。

事情是這樣的……

過去幾天，我每天晚上都會做一個夢。

聽到這邊你們就會說啦！我每天都做夢是有什麼了不起的？做夢會多困擾啊？

但事實上，假如你每天做的夢都一模一樣，內容都是你騎著機車在學校附近亂晃，然後晃到學校附近的山上，晃到山上的小土地公廟，接著小土地公廟裡面有一道光在跟你說他在土地公廟等你，而且你又會固定在每天凌晨兩點兩分的時候清醒過來中斷睡眠的話……

難道這還不夠困擾嗎！

所以，我想要試著去面對它、去處理它，看到底山上那間土地公廟——假如真的有的話——到底想要幹嘛。

當我穿過了九彎十八拐、柳暗花明又一村的山區小路來到山上的時候，這邊還真有一間小土地公廟。

它就跟我夢中的那間土地公廟長得一模一樣。一梁一柱、一磚一瓦、一草一木，連放在廟外面的那座香爐，都跟我夢到的毫無差異。

唯一不同的是，在我的夢裡，只要我來到這裡往前走兩步，原本緊閉的廟門就會打開，然後從裡面射出一道金光。金光照在我身上，用一種我明明沒聽過但卻非常熟悉而且很親切的音調，叫我趕快過來這邊找他。

而現在，當我真正來到這裡的時候，廟門已經是開著的了。

我把機車停好，往土地公廟的方向走了兩步。這邊我稍微猶豫了一下，但很快就決定了。反正都已經來到這裡了，乾脆進去看看吧！反正我老家也是開土地公廟的，我乾爹可是土地公啊！沒道理山上的土地公廟會害我。

走進土地公廟，裡頭的空間並不大，大概是可以讓兩、三個人同時進來的大小。廟裡也不雜亂，感覺好像平常還是有人會過來參拜一樣。神桌上擺著一個香爐，一尊乾淨的土地公像。神桌下面還有一尊虎爺。旁邊有個小區域，擺著線香和點火的工具。

果然是小土地公廟，我話說完就差不多什麼都沒有了。

而且，也沒有像我夢到的那樣，出現一道金光來跟我聊天。

我抓抓頭，雙手合十對著桌上的土地公拜了又拜，在心裡面唸：「乾爹啊乾爹～你是因為我跑到臺中唸書，太久沒看到我，想要我跟你說說話才搞這招嗎？如果是這樣的話，你直接跟我講，叫我回家看看咩！現在我來看過你啦！下次我會再帶點水果過來給你吃，要保佑我平安啊！先走啦～掰掰！」

「掰什麼掰？事情都還沒講咧！」

突然聽到這麼一句回應，我愣了一下，轉身回頭朝四處東張西望之後，發現這附近一個人都沒有，就只有我而已。而且我剛才是在心裡面默唸，是誰在回應我啊？

正當我納悶時，耳邊馬上又傳來一句：「還有誰？你乾爹我啦！」

我再度轉頭看回神桌，這才發現桌上那尊土地公它……

變成兩個穿著土地公袍子的老公公了啊！

「欸欸欸啊啊啊啊啊鬼啊啊啊啊啊啊！」

媽的！土地公沒事好端端的變成兩個 cosplay 成土地公樣子的老阿公，這一點都不好玩啊！

當下我的第一反應就是一邊鬼吼鬼叫、一邊回頭要跑。結果我才剛一回頭，廟門直接關上，把我跟兩個老阿公關在這小廟裡面。

「鬼什麼鬼？你這不肖子！」

門才一關上，其中一個老阿公出現在我身邊，用手中的枴杖敲了我的頭一下，臉色不太好看的說：「你唷你唷！上大學之後叫你最少要半個月回家一次，結果去年一整年，扣掉暑假和過年，才回家三次！乾爹我都看不到你，臺中又這麼遠，是要怎樣保佑你啊？」

「噫噫噫！」

雖然照理說我應該還處在「土地公變成兩個 cosplay 成土地公樣子的老阿公」這樣的

驚嚇狀態中，但眼前這位自稱「乾爹」的老阿公用枴杖敲了我的頭之後，我的驚恐情緒突然完全消失。

取而代之的，是多了一點回家的溫暖感覺。

不過，被敲那一下是真的很痛啊！

我揉著頭對眼前的老阿公說：「對、對不起啦！乾、乾爹！我、我明天就回家！明天禮拜五，下午下課我就回……」

「免啦！」老阿公搖搖頭，說：「今天來又不是叫你回家，那是你親生老爸才要幹的事情！他自己都沒叫你回家了，關我什麼事？」

「喔……」我皺眉，一邊揉著頭一邊說：「那、那你叫我來這邊到底要幹嘛啊？就只是要扁我喔？」

「當然不是。」老阿公說著，伸手指了指另外一個一直到現在還坐在神桌上的土地公coser，說：「是有事情要找你幫忙。」

我回頭看了看那位coser，然後又看看老阿公。

雖然兩人都是cosplay同一個角色，但仔細看看，兩人身上的配件還是有差別的。加上現在這狀況實在有點神奇，我算是相信了土地公現身在我面前這麼扯的事情是真的發生了，所以之後我就用「乾爹」、「土地公先生」的稱呼來作為區別。

於是，我看著乾爹說：「要我幫忙……幫什麼？」

「他要升官啦！」乾爹指著土地公先生說：「他是我的學長，在這山上擔任土地公已經一百年啦！算算功德，上天說他可以去天上當神官。神事命令已經下來快一個月啦！」

「這樣喔……那還真是恭喜恭喜。」我說。

「也別恭喜，你沒看他現在還在這邊嗎？」乾爹嘆口氣，說：「他功德有了、資格滿了，可是沒有人能過來代替他，他升不了官啊！」

「欸？是這樣喔？那……節哀節哀。」我說。

聽到我一下恭喜、一下節哀，乾爹笑著又敲我一下頭，說：「傻孩子，你還聽不出來找你過來是要幫什麼的嗎？」

「唉唷，哪可能聽不出來啊！」我聳聳肩，說：「啊不就是因為沒有新的土地公，所以你才找我過來想讓我當土……土……呃……不是吧？」

「果然是乾爹的好兒子，真夠聰明的。」乾爹笑著點點頭，說：「沒錯，就是想請你過來幫忙當土地公。」

聽完乾爹的話，落實了我的猜測，我先是呆滯了片刻。

然後……

「欸欸欸欸欸？不是吧？真的假的啊？我還活得好好的耶！叫我當土地公？乾爹你傻了啊？別鬧了好不好？」

「鬧？」乾爹苦笑一下，搖搖頭說：「唉！真有辦法也不用麻煩你啦！而且你不是很想當土地公嗎？」

「不是，我哪有……」

正當我想要辯解時，乾爹突然拿出一張作文稿紙，然後唸了出來——

「我的志願，三年三班十二號李博翔。我的爸爸是土地公廟的老闆，可是他很辛苦，每天都要工作到很晚才能休息。而我的乾爹是土地公，他很輕鬆，每天只要坐在桌子上，就會有人拿吃的喝的給他吃喝，還會有人拿錢給他花。所以我的志願就是長大之後當土地公！這樣以後我什麼都不用做，就會有人拿吃的喝的過來給我吃喝，還會有人拿錢給我花了！」

乾爹唸完的時候，我整個人尷尬爆了！我甚至可以看到神桌上那位土地公先生憋笑憋得很痛苦的表情啊！

這張作文我印象宇宙深刻的啦！我小時候真的有那麼一度很想當土地公啊！可是我認真寫這篇作文的下場，就是換來「土地公」這個從此一路跟著我升上大學的外號。而且當時不只被全班恥笑，最後還被老師打了個零分啊！

我趕緊把乾爹手上的作文搶過來，面紅耳赤的說：「你、你去哪找到這篇作文的啦！」

「你燒給我的。」乾爹很自然的回應，同時還拿出一堆零分考卷，說：「你以前只要有東西不敢給老李看，就會拿到金爐燒掉，所以都會燒到我這邊來收著。」

「嗚哇啊啊啊啊！別、別看啊！統統還給我啦！」

「哎唷，又不是保留下來嘲笑你的。」乾爹拍拍我的肩膀，說：「乖兒子，乾爹請你過來幫忙，不全是因為你寫了這一篇作文，其實是因為你本身真的有這份福緣啊！」

我抱著那張作文稿紙，先看了看乾爹，又看了看一旁桌上的土地公先生，然後搖搖頭說：「還、還是算了啦！我還要上課耶！乾、乾爹，我要回家了啦！很抱歉啦！再見！」

說完，我轉身要離開。不過當我轉身的瞬間，聽到乾爹和土地公先生同時嘆了口氣，然後廟門就打開了。

我再回頭一看，神桌上的土地公神像還是神像，剛才的一切好像都沒有發生過。唯一還存在的，只剩下我手中的作文稿紙。於是我趕緊離開土地公廟，把作文塞進車廂，騎上機車迅速的逃離現場回去租屋處，當作什麼事情也沒發生過。

然而，事情似乎沒這麼簡單就結束。

→→→◎←←←

離開土地公廟之後，我覺得我的周遭出現了很多跟「土、地、公」這三個字相關的廣告招牌。最容易出現的當然是土地拍賣的廣告，但我會在第一時間看成土地公跳樓大拍賣，之後才發現是自己眼拙看錯。

諸如此類的小錯誤多不勝數，雖然沒出什麼大亂子，但這的確造成我一定的困擾。

當天晚上我接到老爸的電話。他在電話裡面問我到底在臺中做了什麼好事，為什麼家裡的土地公廟會發爐？問土地公到底是生氣什麼，祂也不願說，只說跟我有關。

面對這樣的質疑我當然心裡有底，知道家裡那乾爹在不爽什麼。但電話這頭當然是跟我老爸講說我啥都沒做，整天都在上課、打電動而已，隨便謅個謊言糊弄過去。

到這個時候，我終於知道若不再去一次山上的土地公廟，事情只會更難處理。

所以我再度跨上機車，直朝那座山上的土地公廟而去。

回到土地公廟，廟門已經打開了，裡面燈火通明，還有前一個香客沒帶走的供品放在桌上。

我直接走了進去，先到旁邊拈了三炷香，再對著桌上的土地公默唸：「乾爹！土地公先生！我知道我下午直接拒絕你們然後馬上落跑是有點沒禮貌，可你們也得站在我的立場考慮考慮吧？我一個剛滿二十歲，人生才算是剛要開始的大學生，你們就要我現在去死一死然後當土地公？而且理由還只是因為土地公先生你要升官結果沒人可以代班？如果我真的因為這個理由葛屁來幫你代班，你上天肯定黑掉的啊！所以啊～拜託啦！我也不是說不願意，只是這真的太強人所難了啦！總之，我話就說到這邊，你們兩個老人家應該也能理解吧？真要再來鬧我，我會翻臉的喔！晚安！再見！」

唸完，我把那三炷香一古腦兒往桌上的香爐插下，接著拍拍雙手，回頭轉身要走。可令人熟悉的場面就在這時再度出現，土地公廟那小小的門竟然又他媽的關了起來！

「吼唷！」我無奈的直接說出口：「乾爹你也行行好！就說了我珍惜生命我……」

「誰說要你去死的啊？」

乾爹的聲音突然在我身旁傳來。轉頭一看，只見乾爹跟那位土地公先生無聲無息的出現在我身旁。

乾爹笑了笑，說：「傻孩子，你不想當土地公，只是因為你以為要先死掉嗎？」

「……啊不然咧？」我反問：「土地公雖然很常見，但好歹也是個神明吧？隨便一個人都可以當的話，豈不是太那個……太隨便了吧？而且，神和鬼不都一樣是人死掉之後變成的嗎？」

「就只是請你幫個忙，當個代理的土地公而已。」乾爹搖搖頭，說：「沒說清楚是乾爹不好。我現在再說明一次。我希望你能來幫忙我這位土地公學長當一下代理的土地公，讓他可以早點上天去升官。既然是代理，那當然不會要你當一輩子啦！只要當到咱們下一任土地公來上任就好。這絕對不會傷害你的生命，不但如此，這段期間你每個月都有天上發放的薪餉，廟裡的香油錢也全部歸你。你就當作打工，行嗎？」

我呆了一下。

「等、等等等等……」我趕緊揮揮手，退到旁邊靠著牆站著，說：「我、我先思考一下……很快！一下就好！」

說完，我乾脆轉身面壁，好好的去思考、消化剛才乾爹所說的那些話所代表的意思。

不管怎樣，能夠不用死翹翹這點實在是太棒了！而且我小時候也曾經的確想要在長大之後當個土地公。但事實上真正長大之後，誰還會想要當土地公啊？所以現在這個可以當土地公的機會掉到我眼前，還真是一下子不知道這算是好消息或者壞消息。

不過……

「……乾爹，為什麼要找我？」我問。

「喔，因為你想當土地公。」

乾爹笑著回答：「呵呵，當然不只是這個原因。原因有很多，比方說你是我乾兒子；比方說你出生在老李這個土地公廟廟公的家裡，所以你從小就看著爸爸管理土地公廟長大，或許比較有這方面的經驗；甚至你要說我是因為真的沒有土地公要過來接任，在學長向眾土地公們求助之後，病急亂投醫的把你找過來擔任也行。但最重要的，其實還是因為你本身跟土地公這個位置的緣分。」

「嗯。」我點點頭，轉過身看著乾爹和土地公先生。

其實在他說到緣分的當下，我覺得自己再跟他認真下去我就輸了，因為根據我從小在廟裡跑來跑去的經驗判斷，只要扯到緣分就是沒啥好說的了。

於是我轉問：「所以……假如我真的要來當土地公，我也要整天坐在神桌上嗎？這樣很怪吧？」

乾爹和土地公先生都笑了，然後乾爹搖搖頭說：「傻兒子，你真以為土地公什麼都不必做嗎？我這邊是可以肯定的跟你說絕對不是整天坐在那邊而已，但至於實際上你要做什麼，這點必須等你確定要幫忙代理土地公之後，才能告訴你。因為天機不可隨便洩漏。」

我抓抓頭，深深的呼了一口氣，然後點點頭。

接著我走向乾爹和土地公先生，走到他們兩人面前，同時伸出我的雙手，說：「我得先說，我不能保證我一定沒問題。乾爹和土地公先生，你們可能還是得幫忙我一下。」

「嗯。」乾爹點點頭，伸手握住我的手說：「這你得多跟學長學習，畢竟要不是為了幫忙說服你，我可不能隨便離開我的管區來這裡的。」

土地公先生也伸手過來握住我的手，說：「先跟你說聲謝謝。雖然我是要上天去升官，但我會先把該做好的業務交接給你再去的！」

「嗯嗯！」我點點頭，並且同時用力的甩了甩我們三人握住的手，說：「那就成交啦！請問我啥時要開始當土地公？」

「明天。」土地公先生放開我的手，說：「明天下午你放學之後，過來這裡找我。我會把你該做什麼事情，統統交代給你知道的。」

「沒問題。」

說完，我們三人在廟裡把桌上的供品吃完，我才騎著機車回家。

而我的代理土地公生涯，也在這一刻，正式的展開。

02

大家好，我是新來的土地公。

THE DEPUTY OF THE GOD OF THE EARTH IS IN PRACTICE.

今天的課程感覺比平常還要難熬。

除了因為今天是禮拜五，接近週末假期以外，最大的原因還是今天放學之後，我要去山上開始擔任土地公的這件事情了。

不過，媳婦總會熬成婆，生米也能熬成粥。這一天再怎麼難熬，還是讓我熬過去了！一天的課程結束，我趕緊回租屋處先把東西放好，然後準備要出發去土地公廟。

正當我走出房門時，住在我對面房間的女孩突然開門出來，說：「阿翔……耶！剛好剛好……喂！李博翔！我想吃關東煮，晚上載我去逢甲！」

「……逢甲？」

「嗯啊！」女孩笑咪咪的說：「關東煮！熱呼呼的關東煮唷！要不要吃？」

「呃……我等一下有事。」我抓抓頭，苦笑著拒絕道。

「有事？」

像是抓到我表情和語氣之中那點細微的不同一樣，女孩眉頭一皺，發現案情並不單純。她追問道：「你……要幹嘛？」

我搖搖頭，說：「呃，算是打工啦！打工。」

「打工？」女孩有點意外，笑了笑聳聳肩後說：「你啥時去找的打工啊？也沒聽你說……算啦算啦！我自己找人載我去，你出門的時候路上小心，注意安全知不知道？」

「嗯，災啦！」

說完，女孩還用一種並不太相信我要去打工的表情看著我一陣子，才回去她房間，把門關上結束了我們之間的對話。

確認對話結束的時候，我莫名其妙的感覺鬆了一口氣。

這傢伙叫做「時柔」。

對，大家沒看錯，她姓「時」，時間的時，很酷。我都叫她「小柔」。

小柔跟我的關係非常的密切，三言兩語說不清楚。真要追究起來，我覺得應該是我老爸不對，因為早在我們出生前，他和時柔的老爸就已經是很好的朋友了。不過，我自己從小就跟她很要好也是我該檢討的部分。

我們兩人不但老家就在隔壁，從幼稚園開始又一直同班到高中，大學雖然選了不同的系所，但還是在同一所大學。升上二年級之後因為同樣倒楣都沒抽中宿舍，為了節省房租，所以我們兩人乾脆合租一間小房子住在一起。

反正從我有記憶以來，時柔就一直在我的身邊一起玩耍、吃飯、睡覺、讀書、長大。也就是因為這樣，我有啥秘密都瞞不住她。

剛才她啥都沒繼續問下去，我反而鬆了一口氣，不然我還真不知道該怎樣跟她解釋我是要去代打土地公的啊！

→→→◎←←←

離開租屋處，我騎著機車往山上出發，前往土地公廟。

經過一小段的路程，大約十幾分鐘的時間，我又回到土地公廟前。今天廟門敞開，門口的香爐裡面還有沒燒完的香，裡面的供桌上照慣例擺著善男信女提供的鮮花素果、餅乾水酒。

我走進廟裡，從旁邊拈了一炷香，點燃後站在神桌前，對著土地公拜了又拜，「土地公先生你好，我來了！請問你在這裡嗎？」

「我在。」

桌子上的土地公神像沒有開口，但聲音卻是從神像裡面發出。

話才一說完，土地公先生現出樣貌，站到我面前。他面露慈祥的笑容，對我說：「等你很久了！那炷香先拿去插好，等等我先介紹一下在未來要跟你一起共事的同伴。」

「同伴？共事？」我把香插在桌上的香爐裡，一邊問：「呃……該不會還有別的土地公吧？」

「呵呵呵，當然不是啊！傻孩子！」土地公搖搖頭，然後用他手上的枴杖敲了敲左右兩邊的廟門。

說也神奇，枴杖敲了兩下，一左一右的門板前方馬上多出兩個穿著古代將軍服的人。他們昂然而立，表情不怒自威，看起來非常不好親近。

「博翔，這兩位是我們土地公廟的左右門神，神荼和鬱壘。當然，這不是他們的名字，就像我也不叫做土地公一樣。這只是他們的職稱。不過為了方便記憶，你這樣稱呼他們就好。」

聽完，我點點頭，主動上前一步先行自我介紹說：「兩位大哥好啊！我叫做李博翔，叫我博翔就好啦！那個，從今天開始我就要來這裡代理土地公的職位，還請兩位大哥以後多多指教啦！」

兩位門神也點點頭，卸除了臉上嚴肅威武的氣勢，換上親切的笑容。

「我是神荼，新來的土地公未來可得加油啊！」

「俺是鬱壘！小老弟你放心唄！俺會看照你的！」

我們這邊在自我介紹，土地公先生那邊也沒閒著。他走到神桌邊，用枴杖往神桌底下敲了一敲。沒一下子，一個穿著黃色古裝的少女，很突兀的從神桌底下翻了出來。

嗯，對，一個穿古裝的少女從神桌底下翻滾而出，這真的超突兀的。

少女一登場就直接湊到我面前跟我大眼瞪小眼，像是要把我好好看仔細一樣。我當然也不客氣的看回去。

這少女的五官端正俏麗，組合起來就是一個青春可愛的國中妹那種感覺，笑起來會露出很搶眼的虎牙和小梨窩是她的特色。由於穿著包得跟肉粽一樣的古裝，所以身材好壞難以判斷，只能說她可能不胖，而且並不高，大概一百五十公分左右。

對一個少女就觀察得如此詳盡，可是一直到這時候大家要是想知道神荼和鬱壘長啥樣子都還得自己上網去搜尋，從這點就可以知道我果然是個正港的男子漢。

而且觀察到現在，憑我從小在廟裡混大的經驗，我敢說眼前的少女應該八成會是——

「博翔，這是咱們廟裡的鎮廟之花，虎爺。大家都稱她『小虎喵』，你以後這樣稱呼她就好了。」

雖然我有猜到會是虎爺，但當土地公先生真正公布解答的時候，我還是錯愕了一下。畢竟虎爺虎爺，又是虎又是爺的，我還真沒想過會是一個被大家叫做「小虎喵」的未成年少女啊！

不過冷靜下來想想，這些虎爺啊～土地公啊～門神啊，都只是職稱而已，真正是什麼人，也都是上天指派的。可能是因為公老虎已經被其他地區的土地公廟搶走，這邊就只能擺隻母老虎了。

我走到小虎喵的面前，說：「妳好啊小虎喵，我叫李博翔。從今天開始要來這邊代理土地公的職位，未來還請妳多指教了。」

「喵～」小虎喵笑著點點頭說：「也請你多多指教囉～未來的土地公大人。」

看著我與土地公廟裡的其他神靈互動良好，土地公先生立刻學聖誕老公公來個「齁齁齁」的笑聲，然後捻了一下鬍鬚，說：「博翔啊！既然你都認識了未來要一起工作的夥伴，那現在我再帶你去認識一下轄區內幾個有頭有臉的大人物吧！」

「轄區？」

「是啊！」土地公先生點點頭，說：「每個土地公都有自己的管轄範圍。咱們的範圍還不小喔！所以早在上午，我就已經先幫你聯絡了那些人物，要一起開個歡迎你上任的晚宴吶！」

說完，土地公吩咐門神、小虎喵把廟看好，接著走出門外，騎上他的枴杖。然後他維持這個姿勢，轉頭對我說：「博翔，快來！咱們趕緊騎枴杖飛過去吧！」

你那是楞杖不是掃把啊！你是土地公不是哈利波特啊啊！土地公要移動不是縮進地裡面再從另外一邊跑出來嗎？再不然要用飛的就算了，你騎楞杖又是哪招啊啊啊啊啊！

心裡的吐槽歸吐槽，我還是點點頭，趕緊跳上楞杖，抱緊土地公的身子，讓他載著我在天上飛。

→→→◎←←←

土地公載著我一直往天上飛，筆直的直往太空而去。當他飛升到一個高度的時候，終於停了下來。

「博翔，你看看。」土地公指著底下黑壓壓的山區，還有山腳下的小鎮，說：「這些地方，從這個鎮到你們學校以及這整座山頭，都是我們的轄區。」

「……靠！這麼大喔？」

哇賽！這可不是開玩笑的啊！雖然說從我們學校到這裡花的時間不算長，可從天空看下去，就知道這距離其實並不近耶！而且還得把一座山劃進來耶！這間廟這麼小，這轄區是不是太大了啊？

「呵呵，這只是普通大小而已。」土地公笑了笑，說：「南部的土地公還有人管更大片的土地呢！」

「可是我覺得我們的廟的規模沒這麼大耶……」

「嗯。」土地公點點頭，說：「沒辦法！雖然說底下那小鎮也是咱們管的，可是那裡的人多半都是去你學校那邊的土地公廟拜拜。我們這規模小，就是因為來參拜的人並不多。不過，不多歸不多，該做的事情還是一件都不能少的吶！」

「嗯。」我也點點頭，然後看著底下的我的轄區。不過，有件事我還是很好奇吶……

「那個……所以說到底，土地公該做的事情到底是什麼？」

「不少。」土地公簡短的回應，說：「這等我們吃完晚餐再說。喏，我繼續跟你介紹介紹啊！先看到那邊，有看到那邊有間廟嗎？」

順著土地公指的方向看過去，那邊就只是黑壓壓的一片，啥都看不見，於是我搖搖頭表示我看不見。然後因為提到「看見」，我突然發現一個很莫名其妙，但是卻也挺現實的問題。

「欸欸！話說回來……我們這樣飛在天上，沒人看得見嗎？」

土地公搖搖頭，說：「當然看不見啦！說實在的，在我跟你乾爹找上你之前，你可曾真正見過土地公顯靈？沒有嘛！你從小在廟裡長大的都沒看過了，更何況搞不好連山上有間土地公廟都不知道的一般民眾呢？」

我趕緊搖搖頭，說：「不是啦！你是土地公，人家看不到就算了，可我還沒交接啊！就、就算交接了，我也還是個人類啊！這樣飛在天上，沒問題嗎？」

土地公愣了一下，然後哈哈大笑，拍拍我的肩膀說：「哈哈哈哈！你這擔心實在太多餘了！你雖然還沒正式交接，但你也算是半個土地公啦！更何況有我在呢！現在飛在天上，當然是沒人能看得見你啦！別擔心這些了，咱們還是趕快把你該認識的地方講一講，以免等一下在宴會上鬧了笑話！要是留給他們不好的印象，這對你的未來可是沒有什麼幫助。」

「……嗯。」我點點頭，繼續聽土地公介紹我未來的轄區。

我很認真聽，也很努力去記。

可是內容也太多了吧！

這座山是怎麼回事啊？怎麼又是義民廟、又是百姓公、又是城隍廟、又是姑娘廟的，這裡根本原來就是亂葬崗吧？有沒有搞錯啊！我以前幾乎沒見過幾間陰廟，就這麼巧的在我一當上土地公的時候，全部集中在我的轄區裡登場啊？你們聯合起來陰我的是吧？

有陰廟就算了，還有妖怪啊？

雖然說因為有土地公的存在所以有妖怪也不是什麼令人意外的事情，可是也太多了吧！那邊有山鬼、這邊有山妖，鎮裡面有狗王、田裡面有貓又。這些個鄉土傳說會登場的妖怪就算了，東邊我的轄區盡頭快要變成別人管轄的地方，還有一個座敷童子是怎樣？座敷童子不是日本籍的嗎？妳趕快回日本去不要留在這邊啊！

也因為這裡的神、仙、鬼、怪等各樣的閒雜人等實在太多，所以一直到最後我還是沒能把全部內容都記起來，懵懵懂懂的就跟著土地公前往下一站了。

我們來到深山裡的一個山洞前面降落。遠遠的看這裡並沒有什麼了不起的，但一靠近來看，就會發現山洞裡面燈火通明，非常明亮，而且還不時有喧譁的聲音傳來。

「看來大夥兒都已經來啦！」土地公下了枴杖後說著。

「都已經到了？」我問。

「嗯。」土地公點點頭，說：「博翔，剛才說的事情是有點多，我又講得有點快，你或許沒能全部記住。但待會你只需要記住一點：雖然你是新的土地公，官階比起等等要見面的所有人物都來得更高一等，可你畢竟是個新人，還是個凡人，不是真正的神仙。而且即便我們的官階比較高，但他們的能力不見得就比我們弱，甚至好幾個都強悍得令人頭疼！只要他們胡鬧起來，上天卻沒派人下來收掉，我們只能自求多福的。」

「所以啊！為了你好，為了以後跟他們合作方便愉快，等等宴會上盡量多說好話，別以為自己是土地公就有多了不起，知道嗎？」

聽完土地公這苦口婆心的一大段話，我點點頭表示我明白。

而且我從來沒有覺得土地公很了不起啊！

不過就是個土地公而已，是有什麼好囂張的啦！

我們兩人一起走進山洞。才一走進去，一股食物的誘人香味撲鼻而來，這讓從放學之後就一直沒有吃飯的我肚子馬上咕嚕咕嚕的叫了出來。

再往深處走，洞裡面又是另外一番景色。就好像剛才是穿過了什麼隧道一樣，裡面可真是別有洞天！這裡是一個裝潢華美的大宴會廳。古色古香的中國風傳統裝潢擺設，一張超級宇宙無敵大的大圓桌，桌上滿滿的珍饈佳餚、瓊漿玉液，光是那撲鼻香味，就讓人食指大動。

可我卻不敢真的大動。

因為桌邊，坐滿一圈的人。

進來之前土地公對我的千萬叮嚀，以及在介紹轄區的時候，我已聽聞這些人每個都是有頭有臉的大人物。不要說是我這個新任土地公應付不來，哪怕是他這個即將上天升官的老土地公，都有好幾個人物是沒辦法對付的。

當時我只是耳朵聽聽，心裡沒覺得有什麼負擔，結果當我親眼看到這些人出現的時候，一種非常恐怖的感覺縈繞在我的心裡面。

那是一種很壓迫、很凝重的感覺。空氣似乎變成了固體，氣溫也下降到絕對零度。我幾乎無法往前踏出一步，全身僵硬得可比殭屍。

「好啦好啦，博翔他只是個凡人，大夥兒別這樣給他下馬威啦！」

就在這個時候，土地公一邊用枴杖敲了我的後背一下，一邊對圓桌邊的眾人笑容滿面、輕聲細語的說：「各位的修為深厚，小神我都擋不住了，更何況這個仍是凡人之軀的新任土地公呢？大家還請高抬貴手，讓咱們好好吃完這頓飯吧！」

「……凡人？」

聽到土地公的話，其中一個穿著古代官袍的中年男人就摸了摸下巴的山羊鬍，皺眉回應：「老何，你在跟我開玩笑嗎？」

「欸，老劉！」土地公搖搖頭，一邊用枴杖抵著我的背推著我向前走，一邊說：「博翔的確是凡人啊！你若不信，自個兒探探他的氣息，或者下去下面查查生死簿不就知道了？」

「我不是不信。」被稱作老劉的男人說：「只是這符合規定嗎？」

「呵呵呵呵！山不轉路轉嘛！」土地公拉開椅子，自己坐了下來，同時讓我坐在他身旁。他一邊幫我張羅碗筷，一邊說：「總之，是緣分。」

老劉點點頭，表示他算是接受了我是一個凡人的身分。然後他擺擺手說：「好啦好啦！各位都聽見啦！這位新來的土地公是個凡人！大夥兒剛才露那一手已經讓這孩子嚇得要尿了，日後相信他是不會仗著自己的官階來欺壓各位啦！」

「呵呵，說得好像我以前就會用官階欺壓各位似的。」土地公笑著回應，然後自己把面前的酒杯斟滿水酒，站起來向圓桌的各位說：「來！說好要幫咱們博翔辦宴會，結果我們晚來了！我自己先罰三杯為敬！喝！」

說完，土地公就一連喝掉三杯水酒，抹抹嘴巴才又說：「來！大夥兒別客氣！就吃吧！還有……博翔，起來向大夥兒做個自我介紹啊！」

「喔、喔！」

聽到土地公cue我，我趕緊站了起來。這一站，大家本來動筷子的、倒酒的、喝茶的、吃飯的統統停止動作，全部人的眼神目光都集中在我身上，一下子讓我緊張得不知道該怎麼說話了。

「博翔！說話啊！」土地公笑著用枴杖又往我背上戳了一下。

他戳那一下解除了我的緊張，這才能讓我好好的說話。於是我簡單的自我介紹，從姓名、年紀到我現在住在哪邊、在哪裡上課都一一報備，結束時還不忘記說請各位多多指教，希望日後能好好配合、合作。但當我要坐下的時候，旁邊一個穿著西裝的老紳士卻制止了我。

「欸！新來的土地公啊！剛才老何都先罰三杯了，你是不是也先自罰個三杯再說啊？大夥兒在這邊等你們倆也等了有一段時間囉！」

「是啊是啊！」旁邊另外一個同樣穿著西裝、年紀更老的老頭也跟著起鬨。

我抓抓頭，苦笑著說：「這個……小、小弟我不會喝酒……能不能喝果汁代替？」

「不會喝酒就學啊！」另外一側，一個裸上半身的黑胖子哈哈大笑，拿著酒壺走到我身邊，拿起酒杯幫我把它倒滿，推到我手上後說：「喝！不會喝就先從一杯開始練起！喝！」

我捧著酒杯，面有難色的看看身邊的土地公，希望他能幫我解圍。不過土地公只是點點頭要我順他們的意思，我也只好硬著頭皮把那杯水酒喝下去。

想不到我這輩子第一次喝酒，就是在這麼詭異的場合上，而且還是由一個不知道是山神還是誰的神秘仙人幫我倒的，這實在不是普通人可以經歷的事情。

撐過這個難關，大家便開始吃飯聊天。

雖然說一開始他們都用特別的氣場力量要給我一個下馬威，不過後來就沒有再威嚇我了，甚至也沒硬逼我要繼續灌酒，大家就是各自吃飯聊天，也不全然把焦點放在我身上。這讓我鬆了口氣，才能安心的開始吃飯。

這些菜色不只是造型好看、香味撲鼻，這味道也好到筆墨難以形容。雖然不知道他們的食材是什麼，但土地公並沒有給我太多的指示，所以我猜吃了應該不會死。

吃完這一攤，大家就各自做鳥獸散，結束了這場宴席。

「好吃嗎？」土地公在送走眾人之後問我。

「嗯。」我點點頭，摸摸圓滾滾的肚子，「好吃！不過土地公先生你怎都沒吃啊？」

「嗯～因為還有下一攤。」

「喔，因為還有下……」

聽到這句話，我嚇了一大跳，說：「還、還有一攤？」

「啊哈哈哈～當然啦！」土地公點點頭，說：「剛才的那些人物啊，都各是一方的王，比方說萬應公、百姓爺，還有最早一直關心你凡人身分的城隍爺，要他們跟其他什麼姑娘廟、嬰靈廟的女人小孩一起吃飯，他們還不一定肯。這轄區內的勢力劃分還是有的……咱們土地公就是八面玲瓏，夾在中間到處請人幫忙罷了。所以啦！等等那一攤才是重點。」

「……重點？」我又緊張了起來，說：「剛、剛才都已經是些公啊爺的，還有城隍，結果你說下一攤才是重點？下一攤的人是有多大牌啊？」

土地公笑了笑，搖搖頭說：「不，因為下一攤的都是姑娘。」

說完，他還露出了一個「你能懂得吧」的笑容。而我也跟著露出相同的笑容。

這一人一神之間的訊息傳遞，盡在不言中啊！

我們沒有移動位置，就只是留在原地等候下一攤的客人出席。

在等待的時候，有好幾個黑黑矮矮的小人跑出來收拾餐盤碗筷。他們的動作很迅速專業，沒三兩下工夫，剛才的杯盤狼籍已經不在。換上新的桌巾、餐具之後，整個宴會場地又是煥然一新。

土地公說雖然我們是從臺中某山區的某山洞走進來的，但事實上這裡並不是一般人能夠踏足的地方。這裡是他們專門用來宴請各路英雄好漢的地點，而類似功能的地方，在全臺灣各地到處都有。

沒一下子工夫，洞口就傳來嘰嘰喳喳的吵雜聲音。很快的，好幾個穿著時髦、打扮入時的年輕女孩一個接一個的走進會場裡。

土地公拍拍我的肩膀，說她們是剛才要我特別記起來的姑娘廟那邊的姑娘們。

可是土地公果然偏心啊！剛才雖然也是人數眾多、陣仗浩大，但多半是一間陰廟一個代表，頂多就是多帶兩個保鏢兼司機以防回程碰上酒測。結果現在竟然把人家整間姑娘廟的小姐都邀請過來，土地公之心根本路人皆知啊！

這還沒完，姑娘廟的姑娘依序入席之後，又走進來一個穿著粉紅色古裝、長相豔麗的嬌媚女子，她走路的樣子搖曳生姿，背後隱約有九條半透明的狐狸尾巴。她的身後則是另一個穿著淺藍色古裝，背後有六條狐狸尾巴的少女。少女雖然沒這麼豔麗，但也是個美人胚子。從兩人長相的相似程度判斷，這應該是一對狐仙母女。

狐仙母女入座之後，那個我前面有提過的，位於我們管區最邊邊的座敷童子也跟著進場。然後跟在座敷童子後面的，則是幾年前風光一時，上遍各大靈異節目的，號稱最有名的魔神仔——紅衣小女孩。

哭么！你說都是姑娘，結果連座敷童子也請來就算了，你邀請紅衣小女孩是打算怎樣？你不覺得這比你讓小虎喵從神桌底下翻滾出場還突兀嗎？氣溫都跟著下降了啊啊啊啊！

姑娘廟的廟主招呼眾姐妹坐下後，就和狐仙媽媽聊了起來。狐仙少女則是跟座敷童子和紅衣小女孩玩了起來。土地公先是敲敲我的身體，對我點點頭後，就自己上座了。

「何大人～」

一看見土地公入座，狐仙媽媽立刻起身恭迎。她柔弱得好像隨時都會受傷，又嬌美得像是能掐出水來一樣的姿態，光看就令人食指大動……不是，我是說大呼受不了。

不過，土地公也不愧有百年修為，依然能用那和藹可親的笑容回應狐仙媽媽的招呼。

「狐仙娘娘多禮，王姑娘也別起身了……座敷小童、小紅帽，兩位別來無恙。」

土地公一開口就向所有的賓客打過招呼，並很快的進入正題，把我叫過去，向眾人介紹道：「來，這位是李博翔。過兩天當我上天去報到之後，他就是新任的土地公。今天在這裡開這桌，邀請各位過來用餐，便是要向各位介紹介紹。」

說完，土地公立刻cue我，要我上前自我介紹。我也把剛才對眾王爺公侯伯說過的那套再說一次。而相同的情況，似乎總是不斷上演好提醒我們人類永遠無法從歷史學到教訓一樣，當我介紹完畢，狐仙娘娘馬上就舉手發問了。

「何大人～哀家有一事想問。」狐仙娘娘把手指向我，問土地公說：「何大人呀～這位李大人的氣息，一點仙氣也沒有，簡直與凡人無異……這究竟是怎麼回事呢？」

「是。」土地公點點頭，說：「博翔他的確是一個凡人。一個真真實實、活生生的凡人。只是因為許多特殊的緣分，他才得以破例以凡人之軀，行暫代土地公職位之實。」

「是這樣的呀～那哀家沒問題囉！」狐仙娘娘笑咪咪的對著我說：「呵呵～似乎還有一個問題，以後哀家要稱你李大人還是李小弟呢？呵呵呵呵～」

嗚哇～以前在廟裡看一些神怪故事，總是提到狐狸精天生媚骨，對於男人有一種致命的吸引力。現在親身體驗，這狐仙娘娘的一顰一笑，一舉一動都好、好吸引人喔！

我抓抓頭，害羞的說：「都、都行啦！狐仙娘娘喜歡怎樣稱呼我，我都沒差啦～呵呵……」

「那～」

說著，狐仙娘娘突然閃現到我的身上。她勾著我的脖子，坐在我的大腿上。她的身體散發出一股醉人的迷香，薰得我人還在這裡，靈魂早已飛到九重天外去了。她嗲聲嗲氣的說：「那就還是稱你一聲大人，你說如何呢？」

「啊哈哈……好、好啊……」

嗚喔喔喔喔！真、真不愧是狐仙大人啊啊啊啊！好、好具誘惑的一招啊！

這第二攤的宴會，就在我被狐仙娘娘迷得東倒西歪的情況下結束了。席間不只是狐仙娘娘，她也把她的女兒找來說要好好跟我交流交流感情。我是不知道身為土地公原來也是要上酒店應酬啦！不過，因為我早就被狐仙娘娘迷得亂七八糟，等到我清醒之後，才發現大家也都走光了，只剩下同樣喝得醉醺醺的土地公先生，還有收拾會場的清潔人員。所以別說是跟小狐仙交流感情了，就連其他女孩我也沒能好好交流。

是說，雖然土地公先生希望我能跟各方英雄好漢、各家姑娘、各大妖怪打好關係，可是這兩場宴會開下來，我怎麼覺得只有狐仙娘娘跟我比較好啊？

最後，土地公唸了個醒酒的咒語讓自己清醒過來，便拉著我再度跨上枴杖出發回土地公廟。

→→→◎←←←

回到土地公廟，土地公這才開始交接有關土地公該做的業務。

雖然我們的轄區範圍很大，轄區裡面的眾生組成也很混雜，在開口交接前土地公還不斷恐嚇我該做的事情並不少，但真的一講起來，其實也還滿簡單的。

主要來說，我就是來這邊保持土地公廟的清潔，聆聽信徒的請願並偶爾幫忙他們達成一、兩個無傷大雅的希望，再來是解決這塊土地上所有神仙、妖怪、鬼的糾紛，以及招待來這裡作客的各級神官。

其實這很像是最基層的公務人員，只是我服務的對象並不僅侷限在人類而已。

「博翔，這些工作其實都很簡單。小心翼翼的做，應該都不太會搞砸。」

介紹完所有業務之後，土地公拍拍我的肩膀，說：「你應該都能記住。就算暫時沒能了解，門神們還有小虎喵都會幫忙你的。明天就把這一切都交給你，你可以嗎？」

「嗯，我應該……呃，等等……」我抓抓頭，看著土地公說：「你是說，明天就交給我？」

「嗯。」土地公點點頭，說：「是啊！我等上天已經等了好久啦！就等你來接手我的工作。我實在迫不及待啦！總之我答應你，上天之後會儘快幫你找來下一任接班的土地公，讓你能早點回歸正常的生活。如果你這段時間當出興趣來了，未來再循正常管道過來上任也不遲。那麼，我再問你一次，你行嗎？」

我沒馬上回應，而是思考了一下。

我看著土地公那殷殷期盼的表情，再仔細琢磨他剛才的話，心想雖然土地公並非如我所想的那樣什麼都不用做，但事實上這工作好像也不難，加上還有門神和小虎喵能幫我，似乎也沒必要讓土地公硬是留在這邊教我……

於是我點點頭，說：「你放心啦！我好歹也從小看我爸管土地公廟看到我長這麼大。我家的土地公廟規模還比這裡大兩倍，我應該 OK 的啦！」

聽到我說我家的土地公廟比這邊還大，土地公忍不住笑了出來。他點點頭，摸摸我的頭說：「你也別太勉強自己吶……來，這把枴杖就交給你。」

說完，土地公將那把剛才載著我們上山下海、飛天遁地的枴杖交給我，說：「這枴杖就交給你啦！這是咱們土地公的身分象徵，拿著這枴杖，你就能行使所有土地公該有的神力。但你得多答應我幾件事情。」

「嗯？」

「首先，力量只能使用在好事上面。再來，這力量沒辦法改變眾生的自由意志。最後，一天不能使用超過三次。」

前兩件我都能理解，但第三件這個一天不能使用神力超過三次的規定讓我有點莫名其妙，便問：「呃，使用超過三次會怎麼樣？」

「也不怎麼樣，用不出來而已。」

土地公笑著說：「呵呵，雖然你有土地公的職務，也有那份福緣，可你畢竟只是個凡人，神力你可不能隨意操控啊！會折壽的！所以真要是碰上沒辦法解決的事，你便吩咐門神和小虎喵幫你解決，懂嗎？」

「嗯。」我點點頭，說：「我懂！我也答應你，絕對不會把這力量拿來做壞事，也不會操控人的意志，一天也不會使用超過三次的。」

「呵呵呵，很好、很好！那我就上天去啦！你自己好好保重，後會有期！」

說完，土地公便轉身飄上天去，一點也不拖泥帶水。

我靠你根本真的會飛啊！那你剛才幹嘛騎枴杖啊？根本脫褲子放屁吧你！騎枴杖沒有比較帥啊！

目送土地公目送到他從眼前這麼大一個老公公變成天上那麼小的一顆星星，送到這種程度我覺得可以了，就打算回頭去廟裡跟我未來的幾個同事再打個招呼。結果一回頭，才發現他們三人也都站在外面抬頭看著天空。

我看著他們，他們看著天空，好一陣子，我才開口說：「那個……土地公先生他上天升官了！不過不要緊！在未來的日子裡呢，暫時由小弟我來暫代這土地公的職務，這間土地公廟是不會停止營運，大家還是可以安心的繼續工作下去的。」

他們三個聽到我的話，才緩緩的把視線從天空移到我的臉上。三人沒有說話，各自給了我一個難以言喻的苦笑後，轉身往廟裡面走，沉默的回到工作崗位上——門神走進門裡，小虎喵鑽進桌底——消失了。

我想可能是離別太過痛苦，他們三人還需要時間沉澱，暫時不想說話也是人之常情，就沒把他們的表情放在心上。向他們一一說了聲再見之後，我把廟門關上，騎著機車回到租屋處，上床睡覺，迎接全新的一天。

→→→◎←←←

隔天，我起了個大早。

或許是因為要去接任土地公，也或許是因為在山上可能還有很多好玩的事情在等著我，總之我覺得非常的興奮。這是我一大早睡不著可以瞬間清醒的理由之一。

理由之二，就是當我按掉手機鬧鐘之後，在手機裡面發現了上百通未讀的Line，而發出訊息的人都是小柔的時候，心中一股「哭杯蚓賽！」的大吼讓我瞬間清醒。

趕緊換好衣服，我拿著手機、錢包、鑰匙出門。走出房間，看著對面那緊閉的房門，以及大門玄關鞋櫃裡擺放整齊的鞋子，我猜那傢伙應該還沒出門。不過我沒去敲門跟她說我之所以沒回訊息的原因。

除、除了我有點怕她會真的發飆以外，主要還是因為土地公說過，這些是天機，而且天機不可洩漏。

總之，我離開租屋處，跨上機車，先繞去買了份早餐後，就上山前往土地公廟。

到了土地公廟，把車子停好後，我拎著早餐走了進去。

這一大清早的，空氣非常清新。

走進土地公廟，順手敲敲門板和兩位門神說聲早安，接著先把早餐放在一旁，然後蹲下來對著桌底的小虎喵也打過招呼，我才拿著掃地用具準備開始打掃。

不知道是因為這邊人太少，或是土地公真的神威莫犯，這間土地公廟的周遭環境還算乾淨。我掃個幾次之後，裡裡外外就清潔溜溜了。

結束了打掃的工作，我才回到土地公廟裡，坐在神桌邊，一邊吃早餐，一邊看著廟外面的山景。

然後就沒有了。

嗯，對，沒有了。

靠！為什麼這麼無聊啊！這土地公的職務也太少了吧？這信徒是有沒有超過五個會來參拜啊？為什麼我都來到這土地公廟快要超過三個小時了，別說人了，連野生動物都沒看到半隻啊！

於是，在非常無聊的情況下，我打算問一下同事，看看這裡平常是不是就這麼無聊。

我走到門邊，輕輕敲敲門板，問：「神茶、鬱壘啊～你們有在嗎？」

過了一段時間，也沒見他們回應我。於是我又趴到神桌底下，對著小虎喵的老虎神像問：「小虎喵喵～妳在不在啊？喂？可以出來陪我聊天嗎？」

但結果也是一樣，她並沒有回應我的呼喚。

我抓抓頭，再去敲敲門，再趴到神桌底下去，接著又去敲敲門，又趴到神桌底下去。

這動作一來一回起碼超過三次，假如此時剛好有信徒走過，我看也會被我這神經病嚇去報警了。

可我是真的心急啊！這好端端的土地公廟交代給我代管的第一天，左右門神連同虎爺就統統失蹤了是怎樣啊？我靠！土地公才不在一天，就有妖魔鬼怪出來作亂了嗎？該不會是昨天夜裡那幾個看我似乎比較好欺負的陰廟廟主過來惹事，把我的門神和虎爺拐跑了？

拐跑虎爺就算了，拐跑門神幹嘛啊？拐兩個臭男人回去是能幹嘛啊？

就在我跑到廟外面左顧右盼、東思西想，只差沒真的跑去找其他陰廟的廟主要人的時候，身後的土地公廟有了變化。

那扇還算厚重的廟門，自己關了起來。

聽見關門的聲音，我趕緊跑去敲門，對著門板大喊：「喂！是你們關門的嗎？喂！有聽見我的聲音嗎？現在是哭么什——」

我話還沒說完，突然門上一股力量把我震開！我整個人直直的往後飛了起碼一公尺才落地。這還沒完，在我落地的瞬間，一個嬌小的黃色身影從廟門中間竄了出來。她竄到我的身上，一腳踩在我的胸口，用一個非常不屑的表情俯瞰我。

「小、小虎喵？」

「閉嘴！」

小虎喵冷冷的說：「這個稱呼，是土地公大人才准叫的！你一個凡人沒資格這樣稱呼本座！」

聽到小虎喵的話，我先是愣了一下，然後轉頭看著土地公廟，只見神荼和鬱壘在此時也現出原形。他們一左一右跑到我身邊，用一樣的不屑表情瞪著我，說：「哼！不過是個凡人，也想使喚咱們？土地公大人怎會把土地公廟交給你的？」

「不、不是啦！」

我趕緊掙扎著想要站起來，但小虎喵卻更用力的把我踩在地上，瞪著我說：「不是什麼？你連本座的壓制都掙脫不掉，憑什麼要本座聽你的命令？服務你保護你？你算什麼？一個凡人妄想跟本座平起平坐已經是天方夜譚了，現在還想壓在本座頭上命令我？就憑你跟土地公大人有緣分？我呸！」

說到生氣的地方，小虎喵一腳把我踢開，繼續瞪著我說：「本座承認的土地公大人，絕對不會是你這樣的凡人！想要命令我們，想要本座保護你，想要當個真正的土地公？你還差得遠呢！」

我目瞪口呆的站了起來，腦子一片空白。

「……你們昨天不是都好好的？為什麼現在要這樣……」

「昨天是因為土地公大人還在，今天他早就上天啦！我為什麼還得假裝聽你的話啊？」神荼回應。

接著換鬱壘說：「小屁孩，還是趕快離開這裡回去安分守己的過日子吧！神仙的事情哪輪得到你一個凡人操心啊？」

「不是啦！可是我就真的是被土地公先生委託來暫代土地……」

話還沒說完，神荼和鬱壘兩人瞬間就出現在我面前，同時用手中的武器架住我，惡狠狠的對我說：「小子！你跟土地公還差得遠了！叫你快滾就快滾，再說下去就別怪咱們倆不客氣啦！」

說完，他們倆極有默契的用力把我往後推一把，推得我狼狽的跌坐在地上，只能眼睜睜的看著他們三人走回土地公廟。

「……幹！」

但我哪可能這樣把氣吞下去啊！

昨天之前我就跟土地公說過我不幹了，結果你們的土地公拚命的拜託我，還逼我乾爹讓我老家的土地公廟發爐，害我被我老爸罵，我才勉為其難的過來答應你家的土地公要來幫忙。本來我也以為經過昨天晚上的彼此介紹，從今天開始我們會有一個還不錯的「土地公和他快樂的夥伴」之類的生活……結果竟然是這樣？

幹！我怎麼可能這麼簡單就把氣吞下去！

我立刻爬了起來，朝著他們三個衝過去，掄起拳頭就要往神荼或者鬱壘其中一個後背扁下去。不過他們似乎早有準備，在我拳頭剛揮下去的那一瞬間，神荼立刻回頭抓住我的拳頭，瞪著我說：「小子，看來你是他媽的敬酒不吃吃罰酒了？」

「吃你個頭啦！」我對著神荼大吼：「媽的你們給本少爺搞清楚狀況啊！今天是你們家土地公拚死拚活求我過來這邊暫代的喔！不是本少爺說我好想當土地公我才來的喔！結果你們土地公前腳才剛上天，你們幾個馬上想把我趕出去！現在是怎樣？當我是凡人就好欺負是不是？」

神荼和鬱壘被我這一吼，臉上的表情似乎有些動搖。

倒是小虎喵依然忿忿不平的說：「那又如何？本座就是不願意聽從你這凡人的指揮啦！」

「幹！好歹給我一個機會證明一下我到底適不適任土地公再說吧！」

我大吼吼完，掙脫掉神荼的手，然後一邊揉著我那被握到發疼的手腕，一邊對他們三個大吼：「我告訴你們啦！我會想辦法證明給你們看啦！本少爺絕對會讓你們心服口服的叫我一聲土地公大人啦！幹！」

聽到我這樣說，神荼和鬱壘兩人先是面面相覷，然後才回頭看了看小虎喵。小虎喵倒是笑了笑，點點頭說：「好，本座就等著看。」

說完，小虎喵率領神荼和鬱壘兩人回去土地公廟。這次他們沒把廟門關上，但我現在也沒心情繼續留在這邊跟他們瞎耗，我走上前對他們說：「我先回去想想辦法，今天停止營業一天，再見！」

「我們很期待你能怎樣證明你適合當土地公，土地公大人。」

「哼！」

於是，我上任土地公的第一天，在跟所有土地公廟的下屬都撕破臉的情況下結束了。

看來我這個土地公的職務，未來還有一段崎嶇的路要走啊……

03

你把別人的願望當什麼啦？

THE DEPUTY OF THE GOD OF THE EARTH IS IN PRACTICE.

我的土地公生涯的第一天早上，就讓我覺得這未來非常崎嶇。可是到了家裡，我突然有種強烈的想要回去土地公廟的衝動。

「你還知道要回家呀？」

才剛一踏進門，面對滿桌子的精緻菜色、一個笑容滿面卻殺氣湧現的青梅竹馬，我那股想要回土地公廟的衝動更加強烈了！

小柔幫我添了一碗白飯，用力的放在她對面的位置上，然後笑容滿面的要我去那邊坐，同時說：「吃過午餐沒有？過來一起吃啊！我今天早上去菜市場買了很多菜回來煮，都是你愛吃的唷！」

「啊哈哈……謝、謝謝啦……」我抓抓頭，緊張僵硬的走到那個位置去。

「不客氣！」小柔點點頭，「然後你也可以跟我說說，昨天晚上到底去哪裡打工了？我打電話給你、Line你、傳簡訊你都不回應。你別以為我不知道你三更半夜才回家啊～」

「啊哈哈，啊哈哈……這個……那個……」

「說、清、楚。」

說出這三個字的同時，小柔的笑臉收了起來。她嚴肅的瞪著我說：「我很擔心你！你以前從來、從來沒有一次像昨天晚上那樣消失不見。更何況在那之前，你還說謊說你要去打工！你說清楚到底是幹嘛去了！」

小柔一生氣，我也馬上收起自己的嬉皮笑臉。

但我不知道我要怎樣跟她解釋啊！我昨天晚上去找土地公，我跟蕭敬騰一樣在天上飛，我跟一群妖魔鬼怪吃飯喝酒……對，我還喝酒了！我還讓一隻貨真價實的狐狸精坐在我大腿上，我第一次摟著除了小柔以外的女人——如果小柔算女人的話——的腰啊！媽的，我現在真的能體會到那種外遇被抓包的男人在想什麼啊！雖然我和小柔沒有交往，可是因為住在一起又關係密切，加上我自己昨天也沒跟她說清楚，一整個理虧的情況下，這感覺真的很像啊！

「……你該不會交女朋友了吧？」

「欸？」

正當我在猶豫的時候，小柔突然這樣問，害我有點不知道該怎樣回應。結果看我的樣子，小柔便嘆了口氣，說：「好啦好啦我都知道啦！交女朋友也不是什麼壞事……我能了解啦！」

「咦？」

「我就說我能了解嘛！」小柔搖搖頭，把她面前的飯捧起來一邊吃一邊說：「就是……就好像我去交男朋友也會考慮到要怎麼跟他解釋我跟你住一起的情況一樣啊！唉～我還煮飯給你吃，每天幫你洗衣服，你一定是怕你女朋友誤會吧？哎呀哎呀……」

「欸欸欸！不是啦！我沒有交女朋友啦！」我趕緊打斷小柔的話，說：「唉唷！怎麼可能會交女朋友啦！不是妳想的那樣啦！」

聽到我沒交女朋友，小柔眼睛一亮，說：「真的？太好了！呼～害我擔心一下……欸！那你到底昨天晚上幹嘛去了，說清楚啊！」

「太好了……呃這……」我抓抓頭，也嘆了口氣，說：「妳讓我想一下，我想想該怎麼跟妳說……」

「嗯，你可以慢慢想，反正今天你沒告訴我，我不會放過你。」

「嗯……」

我想了想，想了半天，我發現土地公要我答應他的事情裡面，似乎並沒有提到說我不可以承認我是土地公。更何況眼前的小柔也不是別人，我要是不跟她說明白，她也不會放過我。若是她回老家去跟我爸媽告狀，那我更是吃不完兜著走。

於是，我說——

「我去當土地公了。」

「……」

為什麼這句明明就是實話的話，聽起來這麼白痴啊？看看小柔的臉啊！她現在就好像是看著從精神病院跑出來的神經病患者一樣啊！「我去當土地公」，神經病啊！

小柔愣了一段時間之後，低頭扒了兩口飯，隨即很冷靜的說：「我什麼時候要搬出去比較好？」

「咦？」

「如果你真的交了女朋友，我們再繼續住一起的話，她會誤會的呀！」小柔露出燦爛的笑容，說：「所以我什麼時候搬走，你覺得比較好啊？」

「不是啦！我沒交女朋友，我真的去當土地公了啦！真的啦！」

我離開座位，跑到小柔的身邊，搭著她的肩膀說：「妳看著我的眼睛，妳能分得出來我是不是在說謊的對吧？我知道這很北爛！可是既然妳都問了，那我也只能把全部的事情都說給妳聽！妳先聽完我說的再說好不好？」

「唔……嗯……嗯。」小柔點點頭，然後繼續吃飯。

「……妳能不能先把飯放下？我總覺得妳在這種情況下還吃得下去實在滿猛的……」

於是我把自己是怎樣被土地公拐騙到山上去，然後又是怎樣在乾爹的逼迫之下跟土地公簽下了賣身契約，接著昨天晚上跟著土地公去了哪裡、看了哪些人，最後今天早上又是怎樣的被三個同事提出土地公廟的事情全部說給小柔聽。

……其實也沒有全部，我並沒有把我從頭到尾都摟著狐仙娘娘的事情說出來，也沒說我有喝酒。

聽完我說的這一大串，小柔很明顯是有聽卻沒有很懂。她的表情略微痴呆，白飯吃掉整碗，把碗輕輕擱在桌子上，稍微思考一下之後，才說：「……你沒有說謊吧？」

「我哭——啊妳不是分得出來？」

「你……你以為我是你的誰啊！為什麼你有沒有說謊我能分得出來啊！」小柔嘟著嘴回應。

「啊就是我的……的那個啊！」

「哪個？」

「就那個咩！」我搖搖頭，一邊揮手一邊說：「就那個……土地婆啊！」

「誰、誰是你的土地婆啊！」小柔不滿的大聲說：「搞清楚！是你自己沒事在小時候寫那什麼奇怪的志願，結果班上一堆人就一直叫我土地婆！要不是因為在大學我們不同系，你知道我多久沒聽到你以外的人叫我小柔了嗎？奇怪耶！」

「哈哈……好啦好啦，都是我不對……總、總之啊！不管妳是不是土地婆，我現在真的是土地公了。雖然只是代理到土地公找到下一個土地公，但在此之前，我就是暫代土地公職務的土地公，了解嗎？」

小柔點點頭，然後又搖搖頭，說：「證明給我看。」

「證明……怎麼證明啊？」我皺眉反問。

「唔……」聽到我的反問，小柔再度眉頭深鎖，輕咬下唇思考。片刻，她才說：「不然，你帶我去那間土地公廟看看？」

「不要。」我搖頭，說：「早上才剛跟他們撕破臉，現在我還沒想到要怎樣解決這個問題，在那之前我不想回去。」

「呃，可是土地公廟裡面要是沒有土地公坐鎮，沒問題嗎？」

我愣了一下。然後換我眉頭深鎖，輕咬下唇開始思考。

土地公當初交代給我的業務感覺很多，但我今天早上實際操作過後發現他根本在放屁，因為那個地方完全是鳥不拉屎、雞不生蛋的，沒有人會去參拜。沒有人參拜，業務想多也多不起來啊！

可是雖然業務不多……他似乎也沒提到，到底土地公是不是一定要一直待在土地公廟裡面耶……這樣子我到底要不要回去啊？而且那是因為現在是假日我才可以肆無忌憚的隨時往土地公廟跑，過兩天禮拜一我要上課了，難道還要蹺課去土地公廟嗎？我被當，土地公應該不能幫我吧？

「喂！李博翔！」

趁著我思考的時候，小柔突然湊近我身邊，說：「帶我去那間土地公廟看看！就假如你說的是真的好了，你說要想好辦法再回去，那這中間要是有人去土地公廟參拜卻找不到土地公，你要怎麼辦？」

「唔……好像有點道理……」

我點點頭，站了起來，對小柔說：「算了，也沒人規定我不能留在土地公廟裡面想。反正他們不承認我頂多也就是不理我而已，我的土地公資格可是前任土地公認可的！那我回去看看吧！」

「帶我一起去啦！」小柔強調。

「喔，嗯！」

於是，我趕緊把桌上的東西吃完，等小柔換好衣服之後，兩人出發前往土地公廟。

→→→◎←←←

來到土地公廟，我把機車停好，小柔則先是在廟外面繞了一圈。回到我身邊之後，她說：「還真虧你能找到這裡耶……要不是你帶我來，我根本想都想不到這裡會有一間土地公廟。」

「嗯啊！」我點點頭，說：「啊我就說我是被土地公拐來的咩！要不然我自己能找來這裡？我搞不好還是最驚訝的那個咧！」

「呵呵……那現在呢？你要換土地公的衣服嗎？」

聽到小柔的問題，我不禁笑了出來，搖搖頭說：「免啦！我只要……欸……」

我本來想說我只要走進去自己就會變成土地公了，可是這句話還沒說出口，我就覺得這肯定有問題啊！假如我真的只要走進去就會變成土地公，那在小柔的眼中，我看起來會是怎樣？

於是我要小柔先在廟外面等等，我自己先進去裡面，然後要她從外面一直看著我，看看我會不會有什麼變化。可是一直到我走進廟裡面，我還在神桌附近繞了兩圈，我都還是沒什麼變化，一點說服小柔我是土地公的力量都沒有。

「所以，你到底是不是土地公呢？」小柔笑容滿面的問我。

「呃……這個我是啊……我想想……」我一邊抓抓頭，一邊尋找附近有沒有什麼可以用來證明我是土地公的道具。畢竟在我沒辦法把根本不鳥我的門神還有虎喵叫出來的情況下，要證明自己是土地公還真是有點困難啊！

看了半天，我看到神桌上有一對筊杯，當場靈機一動，拿起筊杯，對小柔說：「欸妳過來啦！信不信我可以讓這個筊杯連續十次都聖杯？」

「……十次？」小柔有點半信半疑的走進廟裡，走到我身邊看著我說：「真的十次都聖杯？」

「啊廢話！妳別說妳不知道筊杯幹嘛用的喔？沒擲過筊也該看過筊走路吧？我們從小就一起在廟裡長大……欸！」

我話還沒說完，就看到遠遠的有一個老太太朝著土地公廟這邊走過來。當下我也不知道怎麼想的，趕緊把筊杯放回原位，然後拉著小柔就想要往廟外衝。不過我是土地公啊！信徒來參拜我衝出去幹嘛啊？這麼一猶豫就失了先機，只能牽著小柔的手眼睜睜的看著那老太太走進廟裡。

但神奇的是，老太太似乎看不見我。看不見我也算了，跟我手牽手的小柔，她似乎也看不見。

小柔先是看看我，然後又看看那個老太太。我也是先看看小柔，然後再看看那個老太太。接著我還伸手去老太太眼前揮了又揮，才確定在老太太的眼裡，土地公廟裡面並沒有別人。

於是我有點得意的看向小柔，畢竟這幾乎等於證明我有特異功能，我是土地公了。

小柔的表情也沒讓我失望，她是有些震撼，但還是點點頭表示她知道我沒有說謊了。

可是這樣還不夠，畢竟我也難得有這麼特別的東西可以拿出來現啊！雖然說只不過是一個土地公而已，沒有什麼好了不起的。但可是你想想啊，假如你有朋友，或者青梅竹馬他真的是個土地公，這好像其實也滿特別的喔？

於是我對小柔說：「妳要是還不信的話，等一下不管這老阿婆想要我幹嘛，我統統答應她！她只要擲筊，我全允諾，妳覺得怎樣？」

聽到我這樣講，小柔反而搖搖頭說：「唉唷，還是不要啦……來廟裡拜拜也是一種心靈寄託……我已經相信你是土地公了，你要玩，等一下換我的時候再玩啦！」

「哎呀哎呀，沒關係啦！」我笑了笑，對小柔說：「妳就看著吧！」

老太太把手中的供品放在桌子上之後，就去拈了三炷香。點燃線香，冉冉的青煙上升，檀香的香味一下充滿了不大的土地公廟。老太太先是到廟外面的香爐拜了三拜，再走進廟裡面，對著我——或者該說是神桌上的土地公像——祈求禱告。

說也奇怪，她是在心裡面默唸的，嘴巴並沒有動，當然也沒發出聲音，但她禱告祈求的內容卻可以清楚的傳達到我的心裡。

老太太的丈夫生了一場病，老太太來這邊祈求我保佑老公公的病趕快好起來，身體健康，長命百歲。

老太太把香插在香爐上，在拿起桌上的筊杯，把剛才的心願又說了一次，接著把筊杯往地上擲。

「不管妳說什麼，我都管定了！」

在筊杯往地上墜落的時候，我也在心裡面默默的唸著。

結果，那果然是一個聖杯！

老太太笑了笑，又把筊杯撿起來，然後重複一次她的祈願，接著再把筊杯擲出，又是一個聖杯。最後，老太太再重複一次，當然順利的獲得了聖杯三連發！

連續求得三個聖杯，老太太露出心滿意足的笑容，對我——也就是神桌上的土地公像，再次拜了又拜、謝了又謝，這才轉身離開土地公廟。

確認老太太離開之後，我才把小柔的手放開，笑容滿面的對她說：「怎樣，妳相信了吧？」

小柔白了我一眼，說：「剛才就說了我信了……可是那個老太太到底許了什麼願望……你這樣隨便答應人家，不太好吧？」

「就想辦法去達成啊！」我一邊說，一邊把剛才老太太帶來的水果拿了一個起來吃，邊吃邊講：「土地公先生也說過，在這邊除了保持環境清潔、傾聽信徒心聲之外，偶爾也是可以挑一、兩個無傷大雅的小願望去達成的啦！所以我們只要……」

「你這傢伙竟然把信眾的心願拿來當作玩樂的道具？你到底還想不想得到咱們的認同啊小鬼！」

我話還沒講完，兩個門神突然現身在我們面前，還把小柔嚇得哇哇大叫。

神荼和鬱壘兩人一登場，同時指著我對我說這樣的舉動非常的要不得！他們說了半天，更不認同我的土地公身分了。

「到時候要是你達成不了信徒的心願，你可曾想過信徒的心情會如何啊？」

「求神問卜通常都是一個人走投無路的時候才會尋求的心靈寄託呀！小姑娘還比你這小鬼懂得多啦！俺實在很生氣啊！」

他們兩人你一言我一語的說著，說到我心裡面整個火都燒了起來。

於是我用力的拍了一下供桌，對著他們兩人嗆聲說：「媽的！早上才在那邊哭杯說不承認我，現在我準備要完成信徒心願了，你們還跑出來哭杯什麼？我剛才跟那老太太說我管定了，你以為我這個人會說話不算話啊？」

「你小子說話怎麼……」

「怎麼樣？」

神荼和鬱壘兩個門神怒氣騰騰的看著我，片刻過後，鬱壘指著我說：「好你個小子啊，不錯！俺就跟你講清楚！要得到咱們的認可很簡單！剛才那老太太許了什麼願望，你能完成，咱們倆心甘情願做你的門神！但你要是完成不了，你馬上離開這裡！永遠不准回來！」

我點點頭，也對他們兩人說：「好！這是你們講的！本少爺肯定會把這老太太的願望完成！讓你們倆心服口服的叫我一聲土地公大人！」

說完，我拉著小柔的手往廟外面走，但在經過門神身邊的時候，神荼又說：「怎麼，現在馬上就要臨陣脫逃了嗎？」

「逃你個頭！少爺我行動派的啦！我現在就去看看老太太她丈夫的病情怎樣，保證一下子就能解決這個簡單的願望啦！」

這句話結束，我就拉著小柔離開了土地公廟，要去想辦法解決老太太的願望了。

老太太畢竟有了一點年紀，加上山路也不算什麼好走的路程，所以我和小柔兩個年輕力壯的年輕人很快就追上了老太太的腳步。她在土地公廟附近的公車站坐了下來，等待遠方公車的到來。我和小柔也來到公車站，保持一點距離，在旁邊假裝等公車。

「欸欸，阿翔，現在要怎麼辦？」小柔問。

「我也還在想。」我聳聳肩，一邊偷看那老太太，一邊回應：「我覺得……首先要去了解一下老公公到底是得了什麼病，才可以繼續下去。」

「嗯……」小柔點點頭，然後閉上嘴巴，很認真的看著我。

我被她這樣認真的盯著有點受不了，就問：「……妳幹嘛一直這樣看我？」

「我覺得……我還是覺得剛才那兩個人說的不完全是錯的。」

「啊？」

「不是要責備你啦！只是……老太太是抱著怎樣的心情來跟你許願的呢？」小柔一邊說，一邊看著老太太。

我也看了看老太太，又看了看小柔，嘆了口氣後說：「好啦好啦……剛才是我有點得意忘形了，所以我等等會盡量想辦法實現她的願望啦！」

「嗯。」小柔點點頭，說：「給那兩個人一點顏色看看。」

我愣了一下，然後笑著說：「我以為妳不喜歡這樣耶！」

「是不喜歡。」小柔聳聳肩，說：「不過我更不喜歡那兩個人這樣罵你。喔對了，他們就是你剛才說的門神嗎？」

「嗯，對。」我點點頭，然後把神荼和鬱壘的差別說給小柔知道。至於親愛的讀者朋友們若想知道，自己上網去搜尋就好了，謝謝。

臺中的公車不是很難等，但有時等起來也是很久的。等了差不多快要半個小時，公車才姍姍來遲。

老太太招手攔下公車，車門打開她就慢慢的上車。然後我們兩人也跟在老太太的身後一起上車。

公車離開了山路，開進山下的小鎮，接著又開了大概十五分鐘，老太太要下車了。不過老太太下車之後，似乎還沒到她的目的地，只是要再轉一班公車，所以她又在這個站牌等了十五分鐘。十五分鐘又十五分鐘，當老太太抵達目的地，都已經是將近一個小時之後的事情了。

這裡是臺中的某間大醫院。老太太下車之後先去附近買了一點水果，才走進醫院裡。她一路走，我一路跟，她一直走，我就一直跟。

直到小柔突然把我拉住，叫我別再跟下去了。

「幹嘛啊！要跟丟了啊！」我不明就裡的回頭看著小柔，這時候才發現小柔的表情似乎不太對勁。

「大笨蛋……你真的是大笨蛋耶！」

「……又怎樣了啊？」

「你自己看看這裡是哪裡好不好？」小柔拉著我走到一邊，然後指著走廊上的路標，說：「你過來，自己看看！」

我本來並沒有想太多，只是想說要跟著老太太來到醫院，偷看一下老公公到底生了什麼病，然後施展我的神力把他的病治好來完成老太太的願望。結果當我一看到那塊路標上面的字，我才發現我自己想的根本錯到太過離譜。

這裡是安寧病房。

我傻愣愣的站在這四個字前面，好半天說不出話來。

這一瞬間，我突然發覺自己根本不能算是一個稱職的土地公，我甚至根本不配當個土地公啊！

就好像門神和小柔不斷在講的一樣，來向我許願的人是抱著怎樣的心情過來的，而我的態度又是怎樣的。我把他們最後的一絲希望當作玩笑，我根本……

「……走啦。」小柔拉拉我的手，小聲的跟我說：「大笨蛋，先回去再說。」

「嗯……」

離開醫院，坐在公車上，我和小柔一直沒有說話。

回到土地公廟的時候天已經黑了，神荼和鬱壘正坐在門口泡茶。一看到我與小柔回來，他們也沒多說什麼。

在我去牽機車的時候，鬱壘才走到我身邊，說：「小老弟，看你跟小姑娘的表情，想必是看過什麼了對吧？」

我點點頭，轉頭看著鬱壘。他現在雖然很嚴肅，但跟下午那種生氣的樣子並不一樣。

他摸了摸鬍子，說：「小老弟，認輸了吧？現在知道你下午時候的心態多可笑了吧？不是俺不願意承認你能當土地公，而是你根本就不夠資格啊！」

我張開嘴巴想說點什麼，但只要一想到我下午面對老太太虔誠的許願時，自己那種嬉皮笑臉的心態，我就知道我已經輸了。

於是我閉上嘴巴，什麼都不說。

結果小柔開口了。

「我們會想辦法的。」小柔站到我和鬱壘的中間，看著鬱壘說：「您應該是鬱壘先生吧？雖然博翔他下午的心態很不好……可是他一定已經知道自己錯了！您能不能再給我們一次機會，讓我們想辦法彌補這一切？」

聽到小柔這樣跳出來說話，我和鬱壘兩人都愣了一下。

鬱壘對我們冷哼了一聲，說：「小姑娘，俺不是不給你們機會，可你們要知道，土地公的力量也是有限的。哪怕是玉皇大帝，要起死回生也沒這麼輕鬆吶！」

「我知道。」小柔點點頭，說：「但畢竟我們已經答應人家了，對吧？」

鬱壘閉上嘴巴，點點頭。於是小柔繼續說：「所以，既然身為土地公，李博翔他會負起責任解決這件事情的！您和神荼先生就等著看李博翔處理，等他處理出一個結果來，您們再來批判他，好嗎？」

鬱壘沒直接回應，而是回頭看了看不知道什麼時候也出現在我們旁邊的神荼。

神荼倒是露了個笑臉，對我們說：「這位姑娘說的也不無道理。那我們就等著看兩位的表現，兩位請好好加油呀！」

「嗯！」小柔點點頭，然後跨上機車後座，說：「兩位再見！阿翔，我們走吧！」

「嗯……」

我發動機車，載著小柔離開土地公廟。

「為什麼妳要對他們講那些？」

回到租屋處，才剛進門我就對小柔說：「這場比試我已經輸了啊！我現在只要一想到自己是怎樣答應老太太，只要一想到老太太到底是懷抱著怎樣的心情來向我許願，我就覺得自己可惡透頂啊……我根本就不是當土地公的料啊！」

聽完我的話，小柔冷冷的回應：「所以你就不管老太太跟你的約定了嗎？」

「約……約定？」

小柔搖搖頭，嘆了一口氣之後，牽著我到客廳的沙發坐下，看著我說：「聽著！李博翔，我從小認識你到現在，你身上有幾根毛我都一清二楚。光看你的臉我就知道你已經明白自己下午有多不應該了！可是，知道自己犯錯了，連彌補都不願意就要拍拍屁股跑路，我可不記得我把你教成這樣了！」

「……那妳把我教成怎樣了？」

「吼唷！人家不想太嚴肅的對你說教，你自己認真點聽好不好啦！」

我點點頭，說：「我知道啦……只是……」

「聽好了！」小柔湊到我面前，雙手捏住我的耳朵，說：「李博翔，今天你就算沒跟門神打賭拚勝負，你也應該要對那位老太太負責吧？就算你已經輸了又怎樣？難道因為你輸了，你就要把老太太的願望當耳邊風嗎？你好意思跑去看著老太太說『因為我輸給門神，所以我不能幫妳了』？你會這樣嗎？」

我搖搖頭，說：「當然不會啊！可是我……」

「沒有可是！」小柔放開了我的耳朵，說：「答應了，就去做。盡你能做到的一切努力去做就好了！就算最後你沒能得到好的結果，我也會以你為榮的！」

我揉了揉耳朵，畢竟那真的很痛。但這也讓我從下午就開始的自責心態中稍微冷靜下來，可以好好的去思考小柔話中的含意。

「……其實我覺得妳有沒有以我為榮，好像沒有很吸引我去盡力而為耶！」

「你！」聽到我這樣講，小柔掄起拳頭就要扁我。

但在這之前我趕緊說：「不過，有妳以為我榮，那也就夠了。」

打鬧結束，我站了起來，說：「我要出門了。」

「出門？去哪？」

「去想辦法。」我笑了笑，說：「雖然土地公的能力有限，但我覺得我的轄區範圍裡面應該有不少能力強大的人可以幫忙。」

「嗯……」小柔點點頭，然後跟著站起來，說：「那我也要去！」

「咦咦咦？」聽到小柔說她也要去，我又回頭坐了下來。

「咦什麼啊？」小柔也跟著坐下，「我說我也要去，你有什麼意見嗎？」

「不是啊！就是……妳去幹嘛啊？本來妳就只是想知道我在幹嘛，因為不相信我是土地公，所以我才帶妳去看看我是怎樣當土地公的吧？現在妳都知道了，妳還要跟我一起去幹嘛啊？」

「我覺得我也有責任。」

小柔很認真的說：「我覺得，要不是因為阿翔你想要證明給我看點什麼，你應該會用更好的心態去面對老太太的心願。因此，我也要跟你一起向那個老太太負起責任。所以我們一起去吧！」

說完，小柔再度站了起來，拉著我的手把我拉起來，說：「走吧！我們出發吧！」

「嗯！」

→→→◎←←←

經過這一小段整理心情之後的再出發，我決定還是先去了解一下老公公到底是生了什麼病再看看情況。不過，我總不可能直接衝進病房對老公公說「我是土地公」，請他告訴我生什麼病吧？所以我沒有去醫院，而是去當初土地公帶著我在天上看過的，那間我轄區範圍內的城隍廟。

在路上，我和小柔先去吃了晚餐，中間也上演一段土地公迷航記，畢竟之前在天上看到的位置換成平面之後，我一下子不太能確定該怎麼走。幸好現在滿天都是飛機，滿地都是智慧型手機，打開網路地圖，路徑規劃一下，還是順利的找到城隍廟。

抵達城隍廟的時候，已經很晚了。香客已經回家，廟門也統統關上。可我才剛把機車停好，正要去敲敲城隍廟的廟門看能不能讓我進去時，那沉重的廟門竟然自己打開了。

廟門一開，裡面的情況跟剛才的完全不一樣。

我們剛來到這邊的時候，沒有香客，自然沒有什麼喧鬧的聲音，非常安靜。然而大門一打開，裡面竟然有好多人聚在大殿吃喝玩樂。除了穿著普通的男男女女以外，還有好幾個穿著古代官差衣服的人，正殿上還坐著一個穿著官袍的中年阿伯。

那個阿伯我認識，就是昨天晚上土地公帶我去宴會的時候，第一個跑出來質疑我凡人身分的「劉大人」。而他就是這間城隍廟的老大，劉城隍。

「安靜！」

廟門完全開啟，劉城隍大手一揮，喝止了廟內所有人的舉動。接著他走下正殿，親自來到廟外，走到我面前恭敬的對我拱手作揖、鞠躬行禮，說道：「新任土地公大人親自駕到，城隍有失遠迎，失禮失禮。」

「呃，那個……」

哭么！才一見面就這麼官腔，我是要怎樣回應啊！

不過幸好我陪著身邊那女人看了不少中國的宮廷劇，所以即便我一下子不太清楚該怎樣回應城隍的禮節，但還是很快有樣學樣的回道：「免禮免禮。」

「謝大人。」劉城隍挺直腰桿，笑容滿面的說：「外面天冷，大人趕緊入內免受風寒。夫人也請。」

前面都好好的，你沒事補上那句「夫人也請」幹嘛啊！小柔她不是我的夫人啊！雖然她外號叫土地婆，可是那只是外號啊啊！

不過小柔倒是沒有馬上糾正，反而也裝模作樣的回應：「妾身謝過城隍大人。」

還妾身咧！你們可不可以正常一點啊！現在是二十一世紀啊！哆啦A夢都快被發明出來了，沒有人會這樣講話的啦！

我們兩人踏進城隍廟，剛才那群吃喝玩樂的民眾就被左右兩側穿著官差制服的人趕到兩旁去跪著，清開一條直通正殿的大道，同時還齊聲高喊「恭迎土地公大人、夫人！」

這場面的吐槽點已經多到我不知道該怎樣開口了，不過我身邊那個宮廷劇中毒者大概已經把自己幻想成華妃或者什麼后之類的人物，抬頭挺胸、趾高氣昂的勾著我的手，像隻驕傲的孔雀一樣在享受眾人的恭迎。

我猜她現在八成在想這大概是今天得知我是土地公以來，她最爽的一刻了。

進到正殿，劉城隍趕快請人幫我們安排座椅，自己也在另外一邊坐了下來。不過在他開口之前，我趕緊開口說：「劉、劉城隍！那個，小弟我有一事相求，不知城隍願不願意配合？」

劉城隍笑咪咪的回應：「大人所求何事？但說無妨。」

「可不可以不要用文言文說話啊？」我抓抓頭說：「我書讀得不多，大學還是唸物理的，我這樣很難跟你溝通啊！」

劉城隍先是愣了一下，隨即哈哈大笑，說：「好好好！大人都這樣說了，那我們就不需要那麼繁文縟節。快人快語，對吧？」

「對啦對啦！」我點點頭，雖然我覺得他剛才回應的那一段還是很文言，不過已經有進步了，起碼我不會覺得自己好像在跟克林貢人講話一樣。

「呵呵……」劉城隍笑了笑，噓寒問暖的說：「大人今天才剛上任，一切都還熟悉吧？」

「呃，有點難上手。」我也笑了笑，不過是苦笑。畢竟我上任第一天就被自己的門神趕出廟門，這情況真的很難熟悉。

「可以預見。」劉城隍點點頭，說：「大人您畢竟是凡人之軀，沒先經過許多訓練、考核，加上上任的時間太趕了，很多事情不熟悉都在預料之中。若大人有任何問題，日後都可隨時過來，我會盡我所能的幫忙大人的。」

「那真是太好了！」我抓抓頭，說：「另外，劉城隍，你以後別叫我大人好不好？」

「嗯。我也這樣想。」劉城隍誠實的回應：「你太年輕啦！叫你博翔老弟還差不多。」

「啊哈哈，劉城隍果然是好人！」我笑著發給劉城隍一張好人卡。

劉城隍微笑點頭，說：「那麼，博翔老弟，未來還要多多努力呀！」

「嗯……」我點點頭。

之後，劉城隍他一直閒聊著，我很難進入主題，旁邊的小柔都快睡著啦！於是我乾脆直接表明我的來意：「那個，劉城隍啊！其實我今天來這邊是有事情想要拜託你一下啦！不知道你方不方便幫小弟我這個忙就是了。」

「嗯？呵呵，剛才不就說過了？博翔老弟你若是有什麼問題都可以提出來，我會盡我所能的幫忙你的。」

「這實在太好了，事情其實是這樣的啦……」

於是我把老太太的事情說了出來。不過我並沒有說我在跟我自己的門神打賭，而且我還快輸光了的事情。

劉城隍聽了我的話，先是撫了一下自己的鬍鬚，接著又問我老太太的名字和資料。我先是愣了一下，然後正想說糟糕我並不知道老太太的名字叫什麼的時候，旁邊的小柔就主動說：「城隍大人，博翔他並不是很清楚老太太的名字。只能說她的丈夫住在臺中某某醫院的某樓的某安寧病房內呢。」

「嗯……呵呵，博翔老弟果然是新上任的土地公，熱血十足呢！」劉城隍笑了笑，勸道：「這樣吧！我得說句實在的，咱們的能力畢竟有限。人們來廟裡祈求，很多時候、很多情況下是不需要搭理的。當然，也不是說當信徒在擲筊時老是都不給他聖杯，信眾就會來放火。不過，即便允了聖杯，若是不大不小的事情，偶爾處理一下便是。」

「啊？」我愣了一下，「怎、怎麼可以這樣？不是答應人了就要盡力去幫忙嗎？」

「假如今天同時有十個人向你祈求能對中明天大樂透的頭彩，你會全允諾嗎？假如你允諾了其中一人，明天樂透頭彩沒開給他，那人真會放在心上嗎？」劉城隍往椅背上一躺，一派輕鬆的說：「求神問卜不過是尋求一種心靈上的寄託罷了，難道你給他聖杯卻沒達成他的要求，他真會過來放火燒你的廟嗎？」

我轉頭看了看小柔，小柔也看了看我。接著我又說：「可是……怎麼說……其實我自己心裡面有點過意不去……是這樣的……」

於是我又把今天我是怎樣允諾老太太聖杯時的事情說了出來。

聽到我只是因為想在小柔面前要帥，劉城隍倒是又笑了出來。他說：「呵呵，大人畢竟是凡人，太衝動了。」

「啊就是因為這樣，所以我想要試著補償一下那個老太太。」我低著頭說：「畢竟……我對於自己這樣的心態感到很懊悔。」

劉城隍嘆了口氣，點點頭，然後要旁邊的人幫他把生死簿找出來。令我意外的是，生死簿竟然是一臺平板電腦！

劉城隍搜尋了可能的對象，經過交叉比對，把最後篩選出來的結果秀在螢幕上，再讓我來看看人物的照片。

「博翔老弟，你看看，是不是這個老公公？」

「……呃，其實我沒看過老公公本人。」

「……在他的感情關係上面尋找配偶，看看他的妻子是不是你說的老太太吧。」

「喔。」

這種幾乎像是臉書一般的使用方式，讓我感覺另一個世界的科技實在是日新月異。電視上演的還在用毛筆寫字，可是實際上已經在用智慧型手機和平板電腦了。我猜可能跟蘋果公司那個某柏斯已經去另一個世界報到有關。

我點進老公公的配偶欄，確認了他的妻子就是下午的老太太之後，才把平板電腦還給劉城隍。

「嗯……老公公的情況並不樂觀。」劉城隍看著平板電腦，皺著眉頭說：「最快三天之後，我這邊就要派人去收他過來報到了。」

「三、三天？靠這情況已經不叫不樂觀了，根本就是很嚴重了吧！」

「嗯。」劉城隍點點頭，說：「是。」

「那、那有沒有什麼辦法？」我著急的問：「我是真的很想幫忙那個老太太……」

「沒有。」劉城隍斬釘截鐵的說：「要逆天續命、起死回生，你跟我都沒這個能耐。生死簿自從把資料變成雲端儲存之後，要修改都只能在伺服器那邊處理。我這裡沒有修改的權限。」

聽到這麼高科技的發言我也不知道該怎樣回應，所以只好弱弱的追問：「那……誰有這個權限？」

「博翔老弟，就算你找到那個有修改權限的人又如何？」劉城隍無奈的笑著，一面把生死簿交給旁邊的人收走，一面說：「姑且不管你能不能下到地府去找到擁有修改權限的人，即使你真的找到了，他們肯幫你修改嗎？」

一時片刻我也啞口無言，只能繼續說：「總、總會有辦法的吧……」

「因果、緣分。」劉城隍嘆口氣說：「你要得到修改的果，你要付出怎樣的因。簡單來說，你願意付出什麼來跟老公公的生命做交換？」

「……用我的命？」我低著頭說：「就……多延長一、兩個月也好……」

我話還沒說完，一直在旁邊的小柔突然大喊：「不可以！」

我和劉城隍都看著小柔，小柔則是有點生氣的看著我。

眼看這氣氛已經有點僵硬了，劉城隍趕緊笑著開口說：「呵呵，夫人說的正是我想說的。博翔老弟你和老公公素昧平生，哪怕是你對老太太有一點點的虧欠，都不值得你用命去換啊！更何況，多延一、兩個月又如何？有任何改變嗎？會走的終究會離開，老弟你得認清事實啊！」

我閉上嘴巴，坐在位置上不發一語。

沉默了一陣子，劉城隍才又嘆了口氣，說：「老弟你好好想想。你才剛上任第一天，很多我們的規矩你並不是很明白。我看今天就到這裡吧！我也想要休息了。我可以介紹給你幾個有權限修改壽命的人，但你自己斟酌斟酌，好嗎？」

「……嗯。」我點點頭，站了起來，向劉城隍恭敬的鞠了個躬，說：「謝謝劉城隍今天的幫忙，讓我了解很多事情，謝謝。」

「不會，就像我說的，老弟未來若還有任何事情想問，都可以直接過來找我。大家以後算是在一起工作，互相幫忙也是人之常情。來，我送兩位出去。」

「不用了。」我笑了笑，拉著小柔的手說：「我們自己出去就好，不打擾城隍您休息了。晚安，掰掰！」

「嗯，晚安。」劉城隍揮揮手，也沒堅持要送我們出去。但他倒是補了一句：「老弟，不管你決定如何，都要對得起自己的良心。」

「……嗯。」

→→→◎←←←

離開了城隍廟，在回家的路上，我的心情並不算好。小柔肯定知道這一點，所以她也沒開口吵我。一直到進了家門，她才說她要去洗澡睡覺，要我自己好好思考，先好好的休息再說。

等到小柔洗好澡去睡覺了，我才拿著換洗衣物進去浴室洗澡。我一邊洗澡、一邊思考到底我要怎麼處理這次的問題。最後我什麼辦法都想不到，隨便洗一洗，隨便進了房間，隨便往床上一躺，隨便睡。

但我睡不著。

嘆了口氣，我拿出土地公的枴杖，打開窗戶，跨上枴杖飛了出去。

雖然我真的覺得跨坐在枴杖上飛很蠢，但事實證明，似乎我不用枴杖好像還真的飛不起來啊！

我飛到了臺中某某醫院，憑著剛才生死簿上的紀錄，很快找到了老公公的病房。

我穿牆飛進病房裡。老公公一個人躺在病床上睡覺，手上插著點滴，身邊有一臺不知道在測量什麼的儀器。他瘦弱的身子看起來似乎非常不堪一擊，好像只要風大一點就會把他吹斷一樣。

病房不大，但只有一個人在，有點孤單。

我在病床旁邊坐了下來，看著老公公熟睡的臉。心裡面想的是老太太到底是懷抱著怎樣的心情過來求我幫忙，而我又是怎樣的戲謔去回應老太太的訴求。這一切，在我親眼看到老公公現在的狀況之後，再次加重了我的罪惡感。

我想幫他，但劉城隍說得沒錯，就算我用我的命去交換，延長老公公一、兩個月的壽命，那又怎麼樣呢？再過一、兩個月，他還不是一樣會離開老太太？

「……當土地公一點也不好玩……幹……」

我坐著，對自己的無能深感厭惡。

「……唔……你是誰？」

床上老公公的聲音傳來，嚇了我一跳。我抬頭一看，才發現老公公在我不知不覺之間已經坐了起來。

但他似乎並不害怕我出現，而是露出笑容說：「我知道，你要來帶我走的，是嗎？」

我不知道該說什麼。

因為我現在才發現，坐在床上的，只是老公公的靈魂。他的身體還躺在病床上。

「不是……」我搖搖頭，「我……」

「少年仔，沒關係啦！我活夠久了。」老公公笑著，說：「只是有點可惜吶……我不想要一個人的時候走。少年仔，算我拜託你啦！你能不能等到我水某早上來看我的時候再帶走我？」

聽到這樣的話，我的眼淚不知道為什麼流了出來。

於是我點點頭，站起來說：「老公公你安心，我不是來帶走你的。我是土地公。我會讓你最後一段路走得輕鬆，我答應你。」

我拿起枴杖，施展了我當上土地公以來第一次的神力，一道和煦、溫暖的白色光芒盈滿病房內的每個角落。當白光散去，老公公的靈魂已經回到他的身上，而他的臉，則是露出了好像鬆了一口氣的滿意笑容。

我輕輕的握著老公公的手，小小聲的說：「對不起……我能做的只有這樣了……對不起。」

說完，我離開病房，回家。

一夜沒睡。

→→→◎←←←

隔天，天都還沒亮我就來到土地公廟。直接走進土地公廟裡面，我坐在神桌上，呆呆的看著廟門口。

過沒多久，一個穿著官差制服的人領著西裝筆挺的老公公出現在我的廟前。

老公公很恭敬的向我鞠躬，對我說了一聲謝謝之後，就跟著那個穿官差制服的人離開，然後消失無蹤。

我是笑著向他道別，但我的心情好不起來。不只是因為我知道自己待會就要離開土地公廟，結束短短的土地公代理生涯，更是因為我對於自己在這件事情上從一開始的戲謔態度，到最後的無能為力，我感到深深的懊悔與自責。

「看來你是沒完成老太太的心願啊！」神荼突然出現在我身邊，說：「是吧？」

「嗯。」我點點頭，說：「剛才那個就是老太太的心願。老太太希望老公公能夠長命百歲，結果昨天才過來許願，今天人就離開了。」

突然出現在我身邊的鬱壘聽到我的話，說：「所以你才如此難過啊，小子？」

「嗯……」我點點頭，然後跳下神桌，「我沒完成老太太的心願，但至少我會遵守跟你們的約定。我會離開。」

「傻小子，離開幹嘛咧？」鬱壘走到我身邊，拍拍我的肩膀說：「昨天俺和神荼跟你跟了一天啦！你雖然一開始的態度咱們不喜歡，但你之後處理的方式很棒啊！你的確是在能力的範圍內做好你該做的事情啦！」

「可是……」

「沒有可是。」神茶也來到我身邊，說：「剛才那老公公過來向你道謝，不就是最好的例子？你雖然不能改變老公公離開的事實，但你也盡力的讓他能在最好的狀態下離開呀！或者你看看……來啦，老太太也來啦！」

聽到神茶的話，我嚇了一跳，想說老公公才剛離開，老太太馬上跟過去是哪招？結果轉頭一看，就看到老太太是遠遠的朝著土地公廟走過來。

她手上提著一籃水果，雙眼雖然紅腫，感覺好像剛才哭得很難過，但此時的表情卻很溫柔。

老太太走進土地公廟，先把水果放在供桌上，接著去燒了三炷香，然後才對我——也就是神桌上的神像——說話。

「土地公大人您好，我是信女某某某，家住臺中市某某區某某路某某號。今天過來，是要向您道謝的。感謝您讓我家那個老的在走的時候無痛無苦、無牽無掛，感謝您讓我家那個老的能等到我過去之後再走，感謝您有聽到信女的祈願……」

老太太閉著眼睛，發自內心的向我道謝。我越聽則越是泣不成聲。等到老太太說完，最後她還不忘記再許下她的新願望。

「希望土地公大人能夠保佑我一家大小健康平安，事業順利。」

我點點頭，一邊擦眼淚、一邊說：「我答應妳。」

「叩！」三個聖杯。

老太太離開之後，我又坐回神桌上，先把自己的情緒整理好，再把兩位門神叫出來。

兩位門神一現身，鬱壘就說：「小老弟，還記得咱們之間的約定嗎？」

我點點頭，「我記得。」

接著，兩位門神先互看一眼，然後雙雙單膝跪地，對我說：「神荼、鬱壘，向新任土地公李博翔大人請安！未來還請大人多多指教！」

我抓抓頭，笑了出來。

「我也是，還請兩位多多指教啦！」

04

紅線勾勾纏～

THE DEPUTY OF THE GOD OF THE EARTH IS IN PRACTICE.

老太太事件之後，已經過了兩個禮拜。

這兩個禮拜內，在左右門神的幫助之下，我對於土地公的業務到底該怎樣處理，已經越來越得心應手。我相信按照這樣子的速度下去，很快我就可以變成土地公界的霸主。

土地公界的霸主?那是什麼?

啊就還是土地公啊!大哥!我只是來當個土地公而已，你以為土地公除了到處串門子打屁聊天、處理一些信徒心願之外，還可以幹嘛啊?當個土地公而已，你以為還要拯救世界喔?

是的，土地公的業務說真的就是這麼的輕鬆。也因為在學校附近那間比較大間的土地公廟幫我吸走很多怪……我是說幫我吸走很多信徒的關係，我這邊在處理「人類」業務上的機會就比較少。

之前那個老太太，基本上算是我們這間土地公廟的固定常客。幾次經驗之後，我發現她不但是常客，更是我最大的糧食來源。我保佑她全家健康平安，她上山來帶吃的給我，生活好不快樂，過得好自在，統統沒煩惱。

老太太不算，這邊也就剩下兩、三組中年婦女會來拜拜，再不然就是因為路過看到有個小土地公廟，覺得不拜一下手會癢心會痛的那種路人會來拜拜而已。

所以，假以時日，我應該會成為一個業務很少的土地公界的霸主。

→→→◎←←←

「阿翔，你在嗎？」

「我在！」

今天是週末假日，小柔提著便當，一個人騎機車上山來找我。

自從左右門神面對我、接納我之後，每逢週末我就一大早上山當土地公，反正留在家裡也是無聊，上來當土地公還好玩得多。而小柔則是視情況出現，畢竟她的朋友比較多，跟我這個本來就沒啥朋友的不同。

不過，雖然她不會一大早跟我一起上山，但只要用餐時間一到，她仍是會準備便當上山來看我一下的。

當然，她還會順便多準備三個便當，要給左右門神還有虎喵享用。

提到虎喵，我就順便一提。虎喵在左右門神接納我之後，她顯得非常不爽，指著我說我又沒有完成跟門神之間的賭約，之後又說只有門神接納我，她可不希望被凡人管！因此這兩個禮拜以來，她幾乎不在廟裡面出現。

總之，不談虎喵。虎喵人不在，表示我和門神可以多一個便當分享。小柔的手藝從小就很不錯，不只在左右鄰居之間廣受好評，甚至到現在左右門神也每天都求我一定要讓小柔帶便當上來。

每到中午，在小柔帶著便當上山之後，我才會現身帶她進廟來。

經過門神的提醒，我才發現其實只要當我進入土地公廟，這裡就會自動變成另外一個空間。所以，若是小柔沒跟著我一起過來，那我必須先踏出土地公廟，把她帶進廟裡，她才可以跟我們一起聊天，我們也才可以吃她帶來的便當。

一人二神共三個便當，外帶四顆蘋果五杯飲料六根雞腿，吃完還舔便當盒七八九次，十分滿足。

大夥兒吃飽喝足，便聚在一起聊天。

「夫人啊～這次的滷排味道可真香吶～」鬱壘一邊剃牙，一邊對著小柔比出大拇指稱讚道。

女人就是喜歡花言巧語，聽到鬱壘這樣的稱讚，小柔很開心的回應：「唉唷～鬱壘大哥您喜歡就好啦！家裡還有一些，晚上我再帶過來唷！」

神荼把泡好的茶端了上來，先幫我和小柔斟滿茶水，才坐到一邊去，拿著老太太早上帶來的花生一邊剝、一邊說：「夫人的手藝真好，我們家大人上輩子不知道燒了多少好香，才得到像夫人這樣的賢內助呢！」

「咳咳！」

聽到兩個門神越說越開心，我趕緊咳嗽打斷他們：「少在那邊夫人夫人的叫了啦……小柔這傢伙只是外號叫土地婆，她可不是真正的土地婆啦！只是我的青梅竹馬而已。小柔妳也解釋一下啊！」

雖然說兩個禮拜過去，我和小柔的關係兩位門神已經非常清楚了，但不知道為什麼，每當我在解釋的時候，他們倆總是會露出一抹神秘的微笑，點頭說聲知道了，然後繼續把我和小柔看作是一對土地公夫婦。

倒是小柔並沒有急於解釋。

看到這裡，我猜已經有些人誤會了，不過我必須對大家說一件智障的事情，小柔她不解釋的原因很簡單……

因為她是個宮廷劇迷，只要她繼續當土地婆，跟著我巡邏的時候，到處都會有人向她鞠躬問好，可以讓她滿足一下當個貴妃之類的人的心情。

根本是神經病。

今天本來照慣例又是無所事事的一天，吃飽喝足打屁聊天結束之後我和小柔去附近走走，到別的地方看看轄區內有沒有發生什麼壞事。就在我們收拾現場的時候，一輛大黑車突然朝著土地公廟開了過來。

那是一輛 BMW，很大臺、很氣派，感覺就是超有錢的人會開的車。不過從它是朝著我們開過來這點判斷，我想應該不是路過要來參拜的。不過，這兩個禮拜內我並沒有碰過開BMW的有錢信徒，所以車上的人會是誰，讓我開始好奇了起來。

當然，我也好奇開BMW的人供品會不會比較高級。

「嘖。」

一看到這輛BMW，神茶馬上露出厭惡的表情。一看他這樣就知道他認識這輛車，我問他：「喂，這車你認識？」

「嗯？」

神茶點點頭，「嗯……很少來，不過大人遲早會碰上。也好，就為大人介紹一下。」

「凡人與我們之間，存在一種特殊的人，他們稱呼自己是『魔法師』。」

「魔法師？」我詫異的問：「靠！好像很酷！所以車上那個人會放火球嗎？」

神茶搖搖頭說：「我沒看過車上那位小姐使用魔法，不過她和她的情人是這附近最出名的魔法師。尤其是她的情人，來頭可不小。但這不是重點，重點是那位小姐她……個性頗糟糕的。」

我點點頭，「聽起來好像不好惹……那魔法師來這裡幹嘛？」

「不一定。」神荼聳聳肩，說：「之前發生過一場『祖靈戰爭』，就是原住民同胞的祖靈在互鬥。那時候，這位魔法師三天兩頭跑到我們山上吵著要找人。從那次事件開始，前任土地公大人和小虎喵就對這位小姐很感冒了。之後她偶爾會回來這邊，好像是在巡視什麼的樣子。這次是隔了比較久，不過誰知道這次又是來幹嘛的呢？」

「嗯……那就見招拆招吧！」我笑了笑，說：「車子停下來，大家自己做好準備，小柔，等等別說話啊！」

「說話她也聽不見吧……」小柔白了我一眼，然後繼續收拾剛才我們吃完的餐具。

BMW停好之後，從後座走下來一個年紀大約跟我差不多的女孩。我原本以為魔法師會是一個老阿婆，在聽到神荼說是「小姐」時也沒想到竟然會是這麼一個年輕的女孩。

這女孩長得超漂亮！筆墨都難以形容的漂亮！她穿著跟周邊環境很不搭的露肩小洋裝，腳上是一雙可愛的高跟鞋，梳著公主頭，還畫了一點淡妝。要不是神荼有先講這是魔法師，我根本以為她是小模特兒啊！

「哇賽……魔法師都長這麼正喔？」我問。

「可是個性很糟糕。」神荼提醒道，接著又說：「小柔夫人比較好。」

我白了神荼一眼，繼續在神桌上正襟危坐，等待美少女魔法師的大駕光臨。

美少女走進廟裡，沒帶供品，也不拈香。她雙手交叉在胸前，表情是一臉我欠她幾百萬沒還的樣子，對著我說：「喂！最近附近還有沒有看到山鬼啊？」

「……回答她，她聽得到。」神荼在我身邊小聲的說：「魔法師跟一般人不同。不過大人只要沒現身，她是看不到您的。」

「喔喔……」我點點頭，然後對美少女說：「咳咳！那個，山鬼已經很久沒看到了喔！」

聽到我的回應，美少女表情一變，說：「換人了？啥時換的啊？」

「兩個禮拜前啦～我才剛上任不久，妳好、妳好！」

「嗯。」美少女點點頭，算是回應我的招呼。

這名美少女的個性，感覺上真的很糟糕啊……剛才神荼說她有情人，真不知道她的情

人平常是怎樣面對她的啊？

這個時候，小柔已經把東西收好，從後面穿牆走了過來。結果她一過來，馬上驚呼了一聲：「學、學姐？」

「啊？」我轉頭看向小柔，然後又回頭看著那個美少女，接著視線又移回小柔身上，指著美少女問：「那個，妳說她是誰？妳學姐？」

小柔點點頭，說：「對啊！藤原學姐她是我們日文系系花，不但如此，她還是貨真價實的日本人喔！」

「哇喔……那妳發財了啊！」我指著那個藤原學姐對小柔說：「這傢伙有秘密的耶！她是魔法師喔！」

「蛤？」

這下換小柔聽不懂了，於是我讓神荼向小柔解釋她學姐的真實身分是什麼，我則繼續跟這個藤原學姐對話。

藤原學姐也沒多聊什麼，在確認完附近一些妖物的最新情報之後，她毫不留戀的轉身離開。不過，當她正準備要上車的時候，她又跑了回來，站在神桌面前猶豫半天，最後才決定拈一炷香，閉著眼睛向我祈禱。

「土地公大人在上，希望土地公大人可以保佑我男朋友他這次能平安回來……還、還有保佑我們兩人的愛情可以順利發展！萬、萬事拜託了唷！」

說完，她把香插在香爐上，羞紅著臉跑上車離開了。

嗚哇！雖然這傢伙的脾氣好像很糟糕，可是剛才那個紅著臉的樣子好萌啊！可惡啊她的男朋友到底是誰啊！我好羨慕那個傢伙啊！

之後，我向小柔詢問了有關藤原學姐的一些事情。很幸運的，小柔是她的直屬學妹。雖然人家是大四學姐，小柔跟她之間還隔了一屆，不過藤原學姐在他們系上是風雲人物，即使她誰都不理，但對自己的直屬學妹算是照顧，所以我也問出了一些情報，比方說——

藤原學姐她家很有錢、她是日本人、她男朋友也是我們學校的學生，聽說是數學系的學長等等。

「……你問這麼多幹嘛啊？人家已經有男朋友了喔！」小柔嘟著嘴說：「不要以為你

是土地公就很了不起，剛才神荼已經說了，藤原學姐她是個不輸你這土地公的魔法師喔！」

「妳想太多了啦……」我抓抓頭，「剛才妳學姐向我祈禱，希望我能保佑她男朋友平安以及保佑她的愛情順利。基於關心信眾的想法，我才會問妳有關她的情報啦！」

「是這樣喔……可是聽說學姐她跟她男朋友關係很好，還同居在一起，幹嘛沒事祈求愛情順利啊？」

「會不會是吵架？」我問，「因為她本來好像沒有要求的，是想了很久才決定要這樣的說……」

「大人，小的想說一句。」神荼這時候插進來補充說：「那位魔法師小姐這幾年來，並沒有像剛才那樣子祈求過任何事情，每次來都是巡視完就走了。」

我點點頭，對小柔說：「妳看！我猜她可能是真的跟她男朋友吵架了吧？反正閒著也是閒著……我們去幫幫她，妳說怎樣？」

「嗯。」小柔點頭附和：「好！在學校的時候，學姐很常請我吃飯。她常常說我是她的學妹，她會好好照顧我。現在既然她跟她男朋友吵架，我也想要幫學姐教訓那個男人。可是……」

「可是什麼？」我問。

小柔看了看神荼，才說：「可是……土地公管愛情的嗎？」

神荼搖搖頭說：「管，但也不管。怎麼說呢？以前人家不是說田頭田尾土地公嗎？因為土地公到處都有，所以以前的人也就什麼都拜。不然妳覺得土地公就應該要保佑人的身體健康嗎？那跟土地一點關係也沒有吧？」

「嗯……可是我的力量不能直接改變人的自由意志……」我撫著下巴，說：「所以我不太可能去改變她男朋友的想法之類的……啊！我們去找城隍吧！他那邊有月老。如果月老不管愛情，那什麼才管愛情咧？去問問看月老能不能幫忙吧！」

「嗯嗯！走！」小柔說完，立即站起來拉著我往廟外走，一邊走還一邊吩咐：「神荼大哥、鬱壘大哥，土地公廟就麻煩你們看管一下囉！」

「是的～夫人！」

「不要再叫她夫人了啦！」我無力的吐槽。

→→→◎←←←

來到城隍廟，跟上次不同，這次是下午時分，廟裡面香客眾多，熱鬧紛紛。

而跟上次相同的是，我一到現場，那扇「廟門」就自動打開，讓我和小柔得以進入另外一個空間，以及聽到那聲讓小柔可以享受當貴妃樂趣的「恭迎土地公、土地婆大駕光臨！」的招呼語。

自從上次老太太事件之後，我常來這裡請教問題，所以和大家都很熟了。

走進大殿，向劉城隍打過招呼之後，我直接闡明我的來意。劉城隍聽完，便馬上召月老進來。

這間城隍廟的月老其實並不老，而是一個看起來跟劉城隍差不多歲數的中年人。他一進來就先向我們三人請安問好，一套禮數做完之後，才問我們召他過來要幹嘛。

「欸~我想請你幫我查一個人。」我笑了笑，對月老說：「那個，我們學校日文系大四的藤原學姐，能幫我看看她嗎？」

「馬上就替大人您看看……」說著，月老也掏出他的小平板，開始搜尋上面的資料。不到一秒，他把小平板交給我，說：「大人您看看，是不是這位姑娘？」

「嗯！對。」

「喔，原來是這個ㄚ頭啊！」看到平板上的資料，劉城隍倒是又說話了，他說：「這ㄚ頭可厲害了！附近好多妖怪都是被她收服的呢！」

「是喔？」我說：「可是她很正耶！看不出來有這麼猛的說！」

「呵呵……博翔老弟，人不可貌相啊！你走出去外面不說，誰會知道你其實是土地公呢？」

「嗯……這樣講也是啦！」我點點頭，又對那月老說：「好啦！我會找你來是想請你查這個女的。你想也知道我不是要了解她有多厲害，對吧？」

「是，大人想必是想了解有關此女的愛情運勢。」

「嗯啊！」我笑著說：「啊她就跑到我那邊去哭說她跟她男朋友吵架了……」

「大人，此女並沒有男朋友。」

月老這麼一說，我和小柔兩人馬上異口同聲大喊：「真的假的？」

月老被我和小柔的反應嚇了一跳，然後趕緊把他的平板拿給我看，指著藤原綾的感情狀態上面的確是空白一片，顯示為單身。

「欸？那……那個數學系的學長是……蛤？暗戀對象？有沒有搞錯啊？」

我笑了出來，說：「難怪要我保佑她和『她男朋友』的愛情路能順利啊……好啦好啦！相逢即是有緣，月老你能不能幫忙，撮合他們兩個啊？」

月老點點頭，然後開始操作平板。結果才操作到一半，他卻搖著頭對我說：「大人啊……這個……恐怕有點困難。」

「欸？」我皺眉，問說：「幹嘛？不要跟我說這個也是雲端儲存，需要伺服器那端才能修改喔！」

「那倒不是……」月老解釋：「事實上，此女與那位男子之間的羈絆，已經強力到不可分開的程度。不過這兩人遲遲未在一起，實乃上天安排的旨意。換句話說，也就是緣分未到。這點小神能力實在有限。」

一樣那句老話，提到緣分兩個字我就知道沒救了，不是我能干預的程度了。

我抓抓頭，看了看小柔，對她說：「喂，妳也聽到啦……喂！時小柔！妳發啥呆啊？」

「啊？」被我這樣一喊，小柔才回過神來，「沒、沒有啦……月、月老先生！妾身能問你一事嗎？」

聽到小柔非常入戲的又用文言文說話，我突然有種「算了隨便妳吧！去演妳的貴妃吧！」的強烈吐槽感啊！

月老一聽小柔要問他事情，趕緊回應：「是！夫人請說！」

「這個……能看到妾身以後的對象嗎？」

小柔這句話一說出來，現場突然陷入一陣沉默。

過了一段時間，月老才說：「夫人……」

「啊、啊！」聽到月老那聲「夫人」，小柔好像才想起自己現在的身分是土地婆、貴妃娘娘，不是「單身女子」啊！只見她慌亂的想趕緊修正說法，支支吾吾的說：「妾、妾身的意思是……是……」

「能不能看到那條紅線啊？」我接口說。

我看了看小柔，小柔滿臉通紅的點點頭，並且說：「是的！妾身並沒有別的意思……純粹好奇而已……」

「喔喔！呵呵，嚇了小神一跳！」月老笑了笑，點點頭說：「其實身為神身，凡人的紅線只要想看，就都能看到。小神明白大人與夫人皆為凡人之軀，體質可能稍微特殊，所以小神也不確定是否能幫夫人看見那條紅線，不過我想，幫幫大人應該不成問題。」

說完，月老把那臺平板往我的眼睛揮了一下。這一下我是不覺得有什麼特別的，但當我再往小柔那邊看去的時候，竟然可以很清楚的看到她的手上有一圈細細的紅繩圈，延伸出一條紅線，筆直的朝著西方而去。

這讓我一時片刻有點呆掉，看著小柔的手一下子不知道要說什麼。

小柔注意到我在看她，趕緊問我：「阿、阿翔，你看見什麼了？」

我舉起我的手，說：「看見妳跟我纏得超緊，幹我想剪斷它！這樣可以了吧？」

「你、你說什麼啦！大笨蛋！」

我笑了笑，然後隨便扯了兩句帶過這個話題。

其實，我看不見自己手上的紅線……當我發現小柔的紅線是朝著別的方向，而且並沒有連到我手上的時候，我竟然有一股不知道該怎樣形容的滋味。

雖然我口口聲聲說我和小柔不可能啦！不過因為我們的關係實在太密切了……所以當我發現自己和小柔好像真的不可能的時候，我這時候才覺得有點……

而且這傢伙的紅線是朝著西方去耶！

搞什麼！竟然是外國人嗎？妳口味吃太重了啦！

→→→◎←←←

離開了城隍廟，我騎著機車和小柔一起回家。

「欸……你是不是真的看到什麼了？」在路上，小柔問。

「沒有。」我搖搖頭，「怎麼說咧？我其實看不到我自己的紅線，覺得有點不爽。」

「蛤？那我的咧？你能看見它連到哪裡去嗎？」

「……其實我也看不到。」我說：「因為太奇怪了，所以我才會覺得很詭異……大概是因為妳和我都是體質特殊吧……妳會不會覺得失望？」

「不會。」小柔搖搖頭，說：「提早知道未來的對象也不見得好啊！而且，現在跟你這樣在一起，我覺得很好。」

聽到小柔這樣講，我心裡沒來由的好像被什麼敲了一下。然後一想到這傢伙的紅線不知道牽到哪個國家，就是沒牽到我手上，我又覺得有點不高興。

「我也覺得很好。」我點點頭，說：「因為妳煮的飯太好吃了，我想一直吃下去。」

「呵呵呵……欸，不然我們去幫學姐撮合，你說好不好？」

「蛤？」

「月老說他沒辦法，不過我們應該可以幫個忙吧？」

「緣分未到就是未到啦！我一個土地公是能幹嘛啊？妳要知道，自從我開了紅線實況眼之後，我發現路上有些人手上的紅線根本是斷的耶！強求的果子不甜，更何況月老也說啦～人家他們自己的羈絆強到宇宙極限！他們兩個沒問題啦～」

「嗯……欸，我好像看到學姐了耶！」

「啥？」

才剛騎回學校附近的商圈，經過那間賣滷肉飯的店家，眼睛很尖的時小柔竟然看到那個學姐跟傳說中的數學系學長出現在店裡吃飯！妳是有沒有整天在注意人家啦！

不過，既然都看到了，那我自己也很想看一下，像那個藤原學姐這麼漂亮的人暗戀的對象到底是何方神聖。於是我把機車停好，帶著小柔一起去買滷肉飯，假裝巧遇學姐。

走進店裡，小柔湊到藤原學姐的身邊說：「學姐！好巧喔！妳也在這邊吃晚餐嗎？」

「啊！小柔！」

藤原學姐笑容滿面的向小柔打招呼，跟下午那個臭臉的樣子完全不同。不得不說，她笑起來真的比她臭臉的時候正上兩百倍！本來就很正了還可以再正上兩百倍，真是讓人想對她身邊那個數學系學長……

而當我注意到那位學長的時候，我整個人憤怒了！

為什麼啊！為什麼這個光看就一臉宅男樣的學長，會是藤原學姐這種大美女暗戀的對象啊啊啊！而且為什麼啊！別人手上的紅線都是細細一條的，就連學姐手上的紅線也是一條牽到學長身上，可是那個死阿宅的手上竟然纏了一個紅色的手環啊啊啊啊！是有幾百條紅線牽在你手上啊！全臺灣美女都喜歡你是吧？

「小柔啊～這就是妳之前提過的，妳的青梅竹馬嗎？」

我還在憤怒嫉妒羨慕恨的時候，藤原學姐和小柔的寒暄已經燃燒到我身上來了。小柔聽到藤原學姐問我，就勾著我的手說：「對呀！他叫李博翔……呵呵～學姐，旁邊這位學長應該就是學姐的男朋友囉？」

「嗯！」藤原學姐也馬上勾著那個阿宅的手說：「對啊……欸！死陳佐維！你還不快跟人家打招呼！」

阿宅學長點點頭，笑著跟我們打了招呼。然而，就在他和我眼神對上的時候，我突然感覺像是觸電一樣。接著，我看不到學長手上的紅線手環了，可是除了學長的以外，其他人的紅線都還能看到。

阿宅學長對我露出微笑，說：「你好啊！我叫陳佐維，還請多多指教。」

「……是！是的！」我點點頭，打從心裡面對這個阿宅感到一股……

恐懼。

這一下子就讓我想到神荼所說的，藤原學姐的情人來頭不小，以及劉城隍所說的「真人不露相」。這個學長外表看起來雖然宅到不行，但光憑這一手，我猜他比我之前所看過的各種妖怪都還要厲害。

當下我突然很不想繼續與學長待在同一個空間裡面，心裡不斷的吶喊要趕快離開。但是小柔和藤原學姐卻好像有聊不完的話題一樣，聊到我心驚膽戰，聊到我幾乎要喘不過氣，聊到我突然一陣暈眩。

「……小柔，那個……博翔他好像不舒服耶！」藤原學姐注意到我的情況，對小柔提醒道。

「嗯啊……」我點點頭，說：「學姐、學長很抱歉……那個我好像有點頭暈，我想先回去休息一下……小柔……我們回去好不好？」

小柔這時注意到我的精神好像很差，再看看藤原學姐和那個阿宅學長現在好像很甜蜜的樣子，她似乎也覺得自己的任務完成了，趕緊牽著我的手，連滷肉飯都來不及買，向學長姐道別後便快速離開。

說也奇怪，離開小吃店，我的身體狀況就好了很多。而且越走越遠後，我的身體跟著健康到一個不行。

回到家裡，小柔要我趕快去客廳的沙發上坐著休息，她自己則是跑去浴室準備熱毛巾過來幫我擦臉。

「你唷，剛才怎麼了?感冒嗎?」小柔關心的詢問道。

我搖搖頭，把毛巾拿掉，說：「沒事了啦!我現在很好……我猜剛才應該跟那個學長有關……神荼有說那個學長是比藤原學姐還威猛的魔法師，只是沒想到會這麼厲害，我應該是被他陰了一把！」

「什麼嘛！這傢伙還真可惡！」小柔聽完我的解釋，忿忿不平的說著。

我則是笑了笑，「也沒關係啦……反正現在沒事了。而且雖然我是被陰的那一個，但不知道為什麼，我卻好像有感覺到是因為他知道我在看他的紅線，他才會對付我的。」

「這麼厲害？」小柔有點訝異的說著，隨即臉色一變，繼續忿忿不平的說：「不、不過也不可以仗著自己厲害就欺負人啊！你以後不要保佑他好了！」

「土地公還可以選要保佑誰的喔！」我笑著搖搖頭，「而且不保佑他，妳學姐的愛情怎麼辦？」

提到學姐的愛情，小柔忿忿不平的情緒似乎消失了。她嘆了口氣，說：「我也不知道耶……其實我是第一次跟學姐還有她男朋友聊天。以前雖然有在學校看過幾次，但像這次可以深入的聊這麼久，還是頭一遭。」

「嗯，所以妳們聊得怎樣？」我抓抓頭，說：「我剛才都在頭暈，沒仔細聽。」

「怎麼說呢……雖然月老的平板上面說學姐和學長沒有在一起，可是他們表現的並不像耶！而且我可以感覺到學姐好像真的很喜歡、很喜歡那個學長的樣子，而且又看到他們兩人那麼要好、那麼甜蜜，我覺得好羨慕呢～」

「……羨慕？」

「嗯啊～」小柔笑了出來，說：「就是……會讓人也想交個男朋友，讓他疼、被他愛，同時自己也可以跟著開開心心、甜甜蜜蜜的這樣啊～」

聽到小柔這麼說，不知道為什麼，我的內心突然跳了一下。

「呃嗯……那個，妳那麼可愛，一定可以找到會疼妳愛妳的男朋友啦～」

「那你會幫我加油嗎？」

小柔突然回頭，笑咪咪的對我說：「如果我有找到這樣的對象，你會祝福我們，幫我們加油嗎？」

我愣了一下。

我看著小柔手上的紅線，聽到小柔這樣的話，在這一瞬間我突然好像了解什麼了。

「欸欸～阿翔～」小柔湊到我面前，拉著我的手說：「會不會啦～」

「……會啊！」

我硬是擠出笑容，摸摸小柔的頭，說：「開玩笑！我們穿同一條褲子長大了耶！我不但會幫妳加油，還會幫妳監督咧！那傢伙以後敢欺負妳，我就去扁他！」

聽到我這樣講，小柔臉上的笑容更開心了。

「有你在我身邊真好！」小柔點點頭，站了起來，說：「好啦！我先回房間去休息啦，你自己也是！等等好一點，我們再去吃飯吧！」

說完，小柔開開心心的回去房間了。

而我，則是看著小柔的房間門，久久說不出話來。

05

混世魔王降臨！

THE DEPUTY OF THE GOD OF THE EARTH IS IN PRACTICE.

「大人！大人！大人啊～～～～～」

「唔……啊？」

神茶喊了我好幾次之後，我才猛的回神，看著神茶問：「怎麼啦？有信徒上門嗎？」

「不是。」神茶搖搖頭，說：「我看大人今天自上山後便心事重重、心神不寧，想說關心一下大人在為何事煩惱？」

「煩惱啊……」我嘆了口氣，右手托腮，說：「也還好啦……」

「大人吶！您這樣子可不是還好二字能形容的啊！」鬱壘在這時候也端著熱茶過來關心。今天泡茶的工作輪到鬱壘負責，他將熱茶放在我面前的桌上，說：「呵呵！喝點熱茶，配個點心吧！今天山腳王太太帶來的奶油酥餅香的呢！」

「嗯……謝謝。」我點點頭，露出一個要他們別太擔心我的笑臉。

但我的心情的確不太好。

前幾天幫小柔解決……不對，沒有解決，只是去看看！去看看她學長學姐的相處之後，小柔那番「她也要跟學姐一樣，要是有好的對象的話就要努力去把握」的言論，不知道為什麼讓我特別不開心。

而我自己深入研究之後才意外的發現，雖然我口口聲聲的說跟小柔是不可能在一起的，但一直到我看見她手上紅線指引別的方向、聽到她要把握的對象竟然不是我、甚至還要求我幫她那未來的愛情加加油的時候，我才發現原來我一直都很喜歡小柔。

結果這成了我現在心情不太好的原因。

可能看到這邊大家會講：啊靠！你喜歡人家就喜歡，幹嘛心情不好？

但我必須說，我很清楚我和小柔之間不會開花結果。這不是我之前一直強調的我們兩人因為關係太密切所以不可能走在一起，而是因為我知道她的紅線指向別的方向。

這就表示，不管我有多喜歡她，我們永遠都不會真正的開花結果。

你喜歡一個人，你去告白還有一半一半的機會，要嘛是兩個人兩情相悅的在一起可喜可賀恭喜發財，要嘛就是告白被拒絕回家大哭一場明天起來還是朋友。

但我的情況是不管我有沒有去告白，不管小柔她接受不接受我的告白，我們最後都不會在一起。

我在告白之前就知道我們最後沒結果了……因為這樣，我的心情才嘔得亂七八糟啊！想到這邊，我無力的趴在桌上，覺得煩透了。

看我這死人樣子，神荼趕緊關心道：「大人啊！心情不好就趕緊跟我們說說，悶在心中會悶壞的啊！」

「是啊是啊！」鬱壘也過來對我說：「來，吃點東西！奶油酥餅真的很好吃啊！」

就在兩位門神拚了命的安慰我的當下，另外一個平常不怎麼困擾我，但想到也很頭痛的人物登場了。

「去！死氣沉沉的死樣子看了就讓本座不快。」

「虎爺」小虎喵從神桌底下慵懶的出現，冷冷的瞪著我和兩位門神，說：「這裡的空氣都因為你而變差了！本座不願意待下去，哼！」

其實她每次登場的結論都是「本座不願意待下去，哼！」，然後就跑出去消失在山裡。不過因為幾乎每次都會發生，所以我沒特別提出來。當然，我有試著跟她交流，但碰了幾次釘子後，我就懶得管她了。

其實今天我也懶得管她，但神荼和鬱壘卻似乎不太想繼續縱容小虎喵的樣子了。

「小虎喵啊！說實在的，妳也別再這樣下去了。」神荼皺眉，勸說小虎喵道：「再怎麼說，大人是經過我們倆認可的，更是前任大人找來的土地公呀！而且大人要是少了妳的庇護，日後遇襲沒人守衛這該如何是好？妳趕緊放下成見，接納這位大人吧！」

「少在那邊大人長大人短的，聽了就令本座噁心！」小虎喵不客氣的說：「況且，什麼認可啊？說到底，那個凡人還是沒能完成老婆婆的心願不是嗎？這樣也算通過認可，你們的標準低得令本座難過啊！」

「小虎喵妳……」

「啊算了算了！」

我趕緊制止了神荼，畢竟我已經很煩了，這兩個還要在那邊吵架只會讓我更煩而已。

小虎喵冷哼一聲，說：「怎麼？想得到我的認可嗎？」

「免啦……」我搖搖頭，說：「隨便妳啦！反正我們三個現在過得也很好。妳想怎樣就怎樣吧！」

「你！」

聽到我沒有要得到她認可的意思，小虎喵反而更生氣的樣子。她臉上青一陣白一陣的，哼了一聲之後就跑出廟外，消失在山林之間。

「……神經病，不管她也不行。」我搖搖頭，無奈的繼續趴在桌子上。

「唉……」鬱壘也嘆口氣，說：「小虎喵她年紀尚小，說話沒大沒小的，大人可別放在心上吶！」

「我知道啦！又不是第一天聽她這樣了。」我趴在桌上，有氣無力的回應。

「哈哈哈哈……不管她、不管她，趕緊來吃這個奶油酥餅吧！」

「哭么！你是多想吃奶油酥餅啊！根本就是你想吃吧！」鬱壘三句不離奶油酥餅著實把我逗樂了，我笑著吐槽他。

鬱壘則是哈哈大笑，「這東西是好吃啊！」

「嗯……那就吃點吧。」

鬱壘把茶點分配完畢，我們一人二神開始吃喝了起來。一邊吃喝，兩位門神還是不斷關心我的心理狀況。

「大人，吃過東西心情應該有好點吧？不然，乾脆趁這時機跟咱們倆說說到底發生什麼事情了，如何？」

「是啊是啊！古語有云：『三個臭皮匠，勝過一個諸葛亮！』大人若是能把心中的煩躁說出，大家集思廣益，或許很快就能幫您解決啦！」

拗不過兩位門神的關心，我抓抓頭，不好意思的說：「唉……其實是這樣的啦……」於是我把發現自己喜歡小柔的事情，以及我自己觀察到的紅線情況、我所煩悶的事情統統講了出來。

「……唉，就是這樣。」我聳聳肩，無奈的喝了一口茶，說：「害我現在時不時的就有點難過，感覺好像喜歡上錯的人一樣了……呃，你們兩個幹嘛啊？那什麼表情啊？」

聽完我的煩惱，兩位門神面面相覷，鬱壘手中的酥餅都掉地上啦！看到他們兩人的反應，我實在很不解，「欸！幹、幹嘛啦？我的煩惱很奇怪嗎？」

兩位門神一直到這時才像重新開機完畢，笑著搖搖頭，異口同聲的說：「不會。」

「嗯……哎唷少來啦！」我搖搖頭，說：「我也知道我這樣子好像想太多了，可是只要一想到小柔未來會跟別人在一起，我就覺得很難過啊！」

兩位門神對看一眼，鬱壘走上前來，說：「大人啊！其實您也不用這麼擔心。」

「是啊！」神荼也跟著走到我身邊，說：「咱們倆一開始只是沒料到大人竟然是在為了兒女私情煩惱，畢竟原本的土地公大人根本不會煩這個！然而，一考慮到大人其實不過是個二十歲的孩子，會考慮這些，那也是人之常情。」

「呵呵～」我有點不好意思的笑著點點頭，說：「啊哈哈……那你們有沒有啥好的意見，可以幫幫我擺脫這個煩惱啊？」

「俺剛才不是說了大人不用這麼擔心嗎？」鬱壘摸摸鼻子，說：「大人能看見紅線，咱們當然也能看見啦！之所以要大人別擔心，就是因為大人您的紅線噗哇！」

話還沒說完，神荼立刻一拳打在鬱壘的臉上，「打」斷他的發言，然後笑咪咪的對我說：「那個……鬱壘是要說，其實大人的紅線很正常！但是您現在是看不到自己的紅線的！」

「……欸？」

聽到神荼的話，我倒是吃了一驚。我看著自己空蕩蕩的手……原本我以為小柔會去愛別人，然後我自己得光棍一輩子啊！沒想到竟然只是我看不見自己的紅線而已啊！

「是的、是的！」神荼點點頭，說：「大人啊！您之所以看不到自己的紅線，原因很簡單。那只是因為『當您可以看到紅線的時候，您的身分是土地公』。您想想，身為土地公，那就是神仙了，神仙能用一般凡人的紅線束縛嗎？當然不可能。所以，所有的神仙都沒有紅線纏繞，當然也包含了擔任土地公的您。」

「原來是這樣子喔……」我終於明白了，然後又問：「欸靠！那我不就很衰小？只是被人拜託來當土地公，結果當到連紅線都沒了？」

「非也、非也。」神荼搖搖頭，「當大人卸下神力、卸下土地公的職務，恢復正常人的身分時，您的紅線又會出現了。換句話說，您的紅線一直都在，只是您看不到而已。」

「喔喔……」我點點頭，再次確認的問：「所以你們都有看到我的紅線嗎？」

「是的。」神荼與剛才被打倒的鬱壘，異口同聲的回應。

「那我是牽到哪邊去？」我問：「小柔的紅線都沒牽給我，那我的會牽給誰啊？」

一聽我這樣問，鬱壘說：「大人的紅線自然噗啊！」

結果話還沒說完，旁邊的神荼再度打斷他的回答，搶話對我說：「天機不可洩漏！不過大人可以聽我一些建議。」

「嗯？」我低頭看了看那個被打倒兩次的鬱壘，問：「什麼建議？」

「呵呵……大人，昨天那位女魔法師，您還有印象吧？」

「有啊！」我點點頭，說：「啊就是她害小柔說要好好把握未來對象的，我印象當然深刻啊！」

「那大人可曾知道，那位女魔法師手上的紅線，和她情人手上的紅線，原本並沒有接在一起的事情呢？」

「……這我不知道。」我搖搖頭，說：「可是月老有說，他們兩人紅線之間的羈絆，牽連得很深啊！」

「因為命運是掌握在自己手中的！」神荼很認真的看著我說：「大人！或許小柔夫人

她的紅線目前是牽向別邊。但事在人為！只要大人夠努力，勇敢的去追求屬於自己的幸福，那老天也會被您的誠意所打動，自然會幫您一把，將紅線的末端修正，把大人和小柔夫人的紅線牽在一起啊！」

我愣了一下，說：「有這種事喔？」

「天助自助者。」神荼笑著說：「更何況，假如最後大人還是沒能與小柔夫人走在一塊，您也不會後悔。起碼您嘗試過了，而不是眼睜睜的看著小柔夫人離開，不是嗎？」

我看著神荼，這一瞬間我突然覺得他變得好像全民情聖一般的存在，背後好像還發出了耀眼的璀璨光芒。

看著他那認真的雙眼，我突然覺得勇氣百倍。

「……你說得對。」我點點頭，說：「我應該要努力一點，去試試看。」

「是啊！大人！就是這個氣魄！」

「衝啊！」我大聲的為自己加油打氣！

「上啊大人！我們永遠支持您！小柔夫人就在那邊，您快上啊！」

「嗚嗚啊啊啊啊！？」

話才剛說完，神荼直接把我推到廟外面，剛好跟提著便當要進來廟裡的小柔碰個正著！這一碰撞差點把她撞倒，我趕緊伸手抱緊她，讓她不至於真正的跌倒在地上。

「唉唷！你幹嘛啦！」小柔在我懷裡嘟著嘴說：「突、突然衝出來撞我，你是餓死鬼投胎喔？」

「不是……那個……我我……」

正當我不知道要怎樣向小柔解釋我會這樣衝出來的原因時，神荼突然出現在我們身旁，說：「大人，您剛才不是說要跟小柔夫人去巡邏看夜景？」

「啊？」我愣了一下，看著神荼說：「有、有嗎？」

「有啊！」神荼點點頭，說：「飛在天上看地面的景色，這是多美好的享受啊！大人趕快帶小柔夫人去見識見識啊！廟與便當交給我和鬱壘處理就好了，大人和夫人請慢走啊！不送啦！再見！」

說完，神荼還主動的把小柔手上的便當拿走，轉身走進廟裡消失不見，留下我和小柔兩人面面相覷。

「……你們在演哪一齣戲？」小柔有點無奈的說：「神荼哥怎麼感覺好像很興奮？」

「我也很想知道啊……」我抓抓頭，轉頭看著小柔說：「那不然……我們去巡邏？」

「嗯！」小柔點點頭，說：「好啊！」

「那就走吧！」

於是我召來枴杖，跨坐在枴杖上，並要小柔坐在我後面。

「……呃，騎枴杖？」小柔皺眉問道。

我點點頭，一臉無奈的說：「很不幸的，沒錯。土地公不騎枴杖似乎不能飛。」

「……你好歹也加個坐墊給我吧？」

「靠！枴杖上面擺個坐墊能看嗎？」我更無奈的說：「唉唷，可以的話我也不想用這麼遜的方式飛啊！不過，真的飛上天很好玩的喔！」

小柔點點頭，「好啦～」

說完之後，小柔走了過來。不過她沒有跟我一樣用跨坐的方式，而是側坐。雖然現在騎機車上路後座載人側坐是違規的，不過騎楬杖上天空後座載人側坐，警察應該也管不了。所以等小柔坐好後，我便說了聲：「抓緊了。」

「要抓哪裡？」

「……」

我回頭看著小柔，小柔則是一臉逗我很有意思的憋笑表情，回應：「好啦好啦不鬧你了啦！我抱緊你就是了，別把我摔下去啊！」說完，小柔將雙手環在我的腰上，抱緊之後說：「抱緊囉~快點飛啦！我也在期待耶！」

「抱、抱緊就是了啦！」

該死啊！自從我發現自己疑似可能好像喜歡這個時小柔之後，她這樣像以前那般親密的抱著我的舉動，反而讓我覺得好害羞喔！心跳加速每分鐘兩百下，講話都結巴會咬到舌頭了啦！

於是我趕緊催動神力，讓楬杖載著我們在天上飛一會兒。

→→→◎←←←

巡邏這件事情美其名是在巡視自己管理的範圍內，有沒有什麼事情需要本土地公下去處理，但說穿了其實只是在閒晃。不過大概是因為一般人也沒啥機會可以像我這樣在天上飛，而且還是載著自己喜歡的女孩子出來飛，所以這感覺還是很不錯的。

「喔喔！這樣飛在天上，風景好漂亮喔！」

「嗯啊！」我點點頭，說：「喜、喜歡的話，下次我們還可以一起來。」

「嗯！」小柔把頭靠在我的肩膀上，「喜歡啊！一般人哪有機會可以看到這樣的景色啊？有你這樣的青梅竹馬實在太好啦！下次要巡邏時，千萬要把我帶著喔！」

「一、一定會帶著妳啦！」

小柔發出了悅耳的笑聲。

飛了一陣子之後，我帶著小柔來到當初前任土地公宴客的秘密餐廳。其實後來我有再去過幾次，才發現這邊只要沒有辦大型宴會，就僅是一間普通的餐廳，裡面也有很多另一個世界的朋友會在這裡吃飯。

我牽著小柔走進餐廳，一邊享受美食，一邊和小柔聊天。這真是美好的時光，我真希望這樣的時光可以一直下去。

吃飽喝足，我們離開餐廳，本來想要飛回去的，但在小柔的提議下，我們改用散步的方式慢慢晃回土地公廟。

在路上，小柔和我手牽著手，一邊走，一邊開開心心的聊天。

「啊然後那個誰就這樣子跌倒了，那時候大家都在笑，超好笑的！」小柔笑嘻嘻的分享今天上課時，她同班同學發生的糗事。

「真假的？就真的這樣跌倒了喔？也太蠢了！」

「嘿呀嘿呀……唉唷，好像變冷了耶！」說著，小柔突然把手縮了回去，邊搓著雙手邊說：「阿翔，你不覺得突然變冷了嗎？」

「……好像真的變冷了。」我點點頭，皺著眉頭說：「我們趕快回土地公廟好了！感覺好像有點不太對勁……哈、哈啾！好、好冷！」

哭么這也太冷了啦！這氣溫突然降了大概十幾度吧？一瞬間冷到我和小柔都狂發抖，這肯定不正常啊！

「阿、阿翔……好、好冷喔……」小柔冷得直打哆嗦。

我點點頭，正準備要壯大膽子趁機把小柔摟進懷裡幫她取暖的時候，從我們身後傳來了一道詭異的聲音——

「土地公大人、土地婆夫人，兩位安好。」

雖然是一句再簡單不過的問候，但這聲音非常奇怪！聽起來像是個小女孩，但又像是機械電子音，音調很平板沒有起伏，反正不像是人類會發出來的聲音就是了。

而且從這問候句看來，不管身後的那傢伙是誰，她都是衝著我們來的。

是福不是禍，是禍躲不過。我硬著頭皮回頭看去。結果不看還好，一看驚人！是真的驚死人啊！驚得我站都站不穩，狼狽的跌坐在地上啊！

站在那邊的，是一個小女孩。她穿著紅色的衣物、披著紅色的斗篷，穿著拖鞋，膚色暗沉。看不清楚臉，但她「眼睛」的位置卻散發出不祥的綠光。

這人我見過，她就是大名鼎鼎的「紅衣小女孩」！

「大人……」紅衣小女孩往我這邊走了過來，當她走到我面前的時候，還伸出她那暗沉到接近灰色的小手，要把我拉起來。

雖然我還是覺得很恐怖，卻大概知道這邊會這麼冷應該也跟這小女孩有關，可說到底她還是尊稱我一聲大人，所以我忍著寒冷伸出我的手，讓她把我拉起來。

反、反正她假如真要對我怎樣，那我也只好認了啊！我只是個土地公而已，還可以幹嘛啊！

「妳、妳好……」站起來之後，我一邊顫抖——現在已經分不清楚是因為冷還是因為怕了——一邊回應：「請、請問妳找我有什麼事情？」

「嗯。」紅衣小女孩點點頭，繼續說：「大人，我是來警告你的。」

「警告我……」我還是一邊抖，不過現在已經比較確定是冷的關係，因為我好像已經不怎麼害怕她了。我問：「呃，警告我什麼？」

「大人應該了解，我是人們俗稱的魔神仔，也就是『魔』。」

「……嗯，門神有提過。」我點點頭，表示我了解。

事實上，我在當土地公這短短的時間裡並沒啥業務需要解決，換句話說，我留在土地公廟裡面跟在門神身邊學習轄區內常識的時間比較多。所以，在門神的教導以及我自己幾次巡邏之後的了解，我大概知道當初土地公有提過在轄區內有些「真正發狠起來，上天沒派人下來收掉，我們只能自求多福」的人物是哪幾位。

我眼前的這個紅衣小女孩就是其中之一。身為「魔」的一員，真的發怒起來，天上不下來幾個神仙，都很難擺平。

但我不太了解她是魔跟她要警告我有什麼關係。

「我的同道，有另一個魔降臨到這裡。」紅衣小女孩接著說下去：「現在我還不知道他是來這裡做什麼的，但還是希望大人要自己多小心注意。」

我愣了一下，然後點點頭說：「謝、謝謝啊……妳還特別來提醒我，真是感謝。」

「這沒什麼。」紅衣小女孩搖搖頭，說：「我只是喜歡住在這邊，不想這裡出了什麼亂子而已。不過，我只是來警告一下大人罷了，到時候真的有事發生，我也不會相助。」

「嗯。」我點點頭，說：「這樣就很感謝啦……欸？」

我話還沒說完，紅衣小女孩便自己轉身離開，大概不到一秒就慢慢透明消失掉，連再見都沒說，非常的酷。

同時，那異常寒冷的氣溫，隨即恢復正常。

「碰！」

紅衣小女孩消失之後，我身邊那個一直沒有反應的時柔這時才跌坐在地上。她緊緊拉著我的衣服，抬頭一臉驚恐的看著我，斗大的淚珠不斷的從眼眶裡湧出。

「好、好可怕……嗚……阿翔……」

我剛剛還在想這傢伙有夠大膽，我都嚇到跌倒了，她竟然一點反應也沒有！結果沒想到這傢伙只是震驚到現在才有了反應。於是我趕緊蹲下去緊緊的抱著小柔，一邊拍著她的背，一邊安慰她說：「沒事啦！沒事了，我會在這邊啦！真的……沒事了！」

「嗚嗚……那、那她說的事情要怎麼辦？」小柔一把眼淚一把鼻涕，抱著我說：「她不是說……有另外一個跟她一樣的魔來到這裡……我怕你會……」

「噓噓！」我打斷了小柔的話，說：「不會怎樣啦！我好歹也是土地公！乖！」

好不容易把小柔受驚的情緒先安撫下來，我才能帶著她趕緊回土地公廟。然而，像是受到的驚嚇太大，小柔在回程的路上不但不發一語，臉色蒼白，還全身不斷顫抖。

一回到土地公廟，兩位門神本來歡天喜地的跑出來迎接我們，結果一看到小柔和我兩人滿臉驚恐的樣子，又看到小柔現在的樣子，便趕緊把我們帶進廟裡，張羅出一個空位讓小柔能坐在上面。

「大、大人啊！你們兩人不是去約會，怎麼變成這副德性？」神荼緊張的說：「小柔夫人怎麼會如此驚恐？」

「碰到紅衣小女孩……」我無奈的說：「欸……能不能幫忙一下？小柔她感覺還是很緊張。」

「那只能請大人幫她收驚了。」神荼看著我說道。

「……收驚？」

「嗯。」鬱壘也在旁邊搭腔說：「是啊！小柔夫人畢竟是凡人，受到驚嚇掉了一魂二魄，才會像現在這樣驚恐的樣子。大人您用您的神力幫忙夫人收一下驚，把魂魄找回來，就沒事啦！」

「可、可是我不知道要怎麼做啊！」我著急的看著兩位門神，「可不可以教我？」

神荼指了指我的枴杖，說：「大人，用您枴杖的神力來幫忙小柔夫人吧！」

看著手上的枴杖，我這時候才想起一天有三次的土地公神力可以利用。我抬頭看著如驚弓之鳥的小柔，看了好半天才說：「……那麼，我要怎樣用枴杖幫她收驚？」

「……打她。」神荼無奈的說：「心裡想著要把小柔夫人找回來，一邊這樣想，一邊打她就好了。」

「這是什麼獵奇的方法啊……」

雖然我對這方法是半信半疑，可是事到如今也只能死馬當活馬醫。反正這方法若是無效，我還認識一堆可能可以幫忙的人。

於是我一邊想著「小柔回來吧！」，一邊用枴杖輕輕的往小柔的額頭敲了敲。說也神奇，我敲第一下，小柔顫抖的情況有比較好轉了，敲越多下，小柔的症狀越減輕。一直到最後，小柔突然全身癱軟、放鬆，同時像個小女孩一樣的嚎啕大哭。

我趕緊把枴杖扔到一邊去，抱著小柔讓她在我懷裡一直哭，直到她哭累了，在我懷裡睡著。

「……大人，您沒事怎麼會去招惹紅衣小女孩呢？」神荼皺眉問：「之前有向大人提醒很多次，她不是大人此時能招惹得起的人呀！」

「哭么你以為我自願的喔！」我白了神荼一眼，嘆口氣，說：「是她來找我的。」

「她來找大人？」

「嗯。」我點點頭，說：「她來警告我，說有個『魔』降臨到我的轄區了，希望我能注意一點。」

「還有別的魔來到這裡？」神荼吃驚的說：「怎麼會？為什麼？」

「我哪知道啊！」我搖搖頭說：「總之……我先帶小柔回家休息，你和鬱壘今天晚上辛苦一點，幫我吩咐一下轄區內的住戶，要他們自己也小心一點，行嗎？」

「屬下遵命。」神荼和鬱壘兩人異口同聲的回應。

→→→◎←←←

隔天，確認小柔已經沒事了，我吩咐她這陣子別上山之後，便自己回到土地公廟坐鎮，想針對這次的事件來做好萬全的準備。

才進到土地公廟，兩位門神就過來向我報告他們昨天晚上的任務達成度。他們兩人的效率很好，才一個晚上的時間，整個轄區內大小陰廟、妖怪仙靈等等，都已經通知完畢。

「兩位門神辛苦了。」聽完他們的簡報，我關心的說著。

「那倒不會。」神荼一本正經的說：「倒是小柔夫人是否安好？」

「嗯，已經沒啥大礙了。」我點點頭，問：「我們接下來應該怎麼處理那個魔？」

「這個嘛……還是得看那位魔的動態才能決定。」神荼回應。

「怎麼說？」我問。

「大人，假如那魔只是路過此地，在這邊借住幾晚，那麼大人只要當作沒看見就好。」神荼撫著鬍鬚說：「畢竟大人骨子裡只是凡人一個，真要和那魔硬碰硬，只怕大人吃虧的機會多。」

「……我想也是。」我苦笑著說：「光嚇都把我嚇死啦……」

「大人啊～～～」

我話還沒說完，突然一道淒厲的哭喊聲便從廟外傳來。我往廟門口看去，只見一個穿著淡藍色古裝的女孩衣衫不整的一邊哭喊，一邊往廟這邊跑了過來。

大白天的沒事出現一個穿古裝的人一直朝著我哭，這絕對不是在拍電影啊！

我一見狀，立刻跳下供桌，把那女孩接入廟裡，問：「妳是誰？發生了什麼事情？」

「大人啊！您一定要替奴家主持公道啊！」古裝女孩像是沒有骨頭似的，我一出去接她，她直接撲在我身上，一邊哭一邊說：「奴家求您啦！」

「欸？妳得先說發生什麼事情……」

「阿麗？」

正當我想要問這女孩到底怎麼了的時候，我們廟裡那個每天都在，可是也每天都要跑出去遊蕩的「隱藏人物」小虎喵卻突然出現了。她一看到古裝女孩，就趕緊跑到我身邊，一腳將我踢開後，攙扶著對方到旁邊坐下，關心對方的情況。

我朝左右兩邊的門神看了又看，鬱壘湊到我耳邊說：「大人啊！這是我們轄區裡面的狐仙，她叫做阿麗。」

「狐仙？」我皺眉反問，同時在我那腦容量貧弱的大腦內部搜尋有關狐仙的記憶。最後我才想到，在這個故事剛開始沒多久，前任土地公帶著我去喝花酒……我、我是說帶我去開歡迎會的時候，好像有一對狐仙母女也是座上嘉賓的樣子。

而眼前這個狐仙「阿麗」，似乎就是當初那對狐仙母女中的女兒。

「她跟小虎喵關係不錯啊？」我低聲的問鬱壘。

「嗯。」鬱壘點點頭，說：「不過……大人還是小心一點。」

「大人啊～求求您一定要替奴家主持公道啊！」

我這邊跟鬱壘交換完心得，阿麗那邊剛好接著哭下去。她又跑回來我面前撲通一聲跪下去，哭著說：「大人啊～奴家求您啦～～」

「先、先起來再說啊！」

我伸手將阿麗扶起來，配合小虎喵一起讓她坐回椅子上，這時才問她：「那個，妳要我幫妳主持公道，妳也要先跟我說發生什麼事情了吧？沒關係，我雖然只是代理的，但我一定會盡量幫妳解決問題的。」

「大人……嗚……奴家……」

由於阿麗她哭得是一把鼻涕一把眼淚，說話是斷斷續續結結巴巴，若是完全原音重現，那可真的會造成大家閱讀上的困難啊！為了不要讓大家有這樣的感覺，所以我直接說明阿麗到底怎麼了。

根據阿麗的說法，她住在我們轄區深山裡的一塊風水寶地，是個修行的小狐仙。前幾天，來了個自稱是「混世魔王」的魔，說她那塊寶地的靈氣很好，有助於修行，所以硬是把她趕了出來。

阿麗原本不甘心，想要去討回來。可是兩邊鬥法打架了好幾次，因為道行相差太多，所以阿麗一直都沒辦法搬回去住。那位混世魔王不但強占了阿麗的修行地，還出言不遜，要把阿麗抓去當他的小妾。阿麗不堪受辱，只能跑來找我求助。

「大人啊……求您一定要替奴家主持公道……奴家必定奉獻自己的所有來回報大人的恩情！」

說完，阿麗又撲通一聲跪了下去。這次還更乾脆的往地上磕了個響頭！碰的好大一聲！我都怕她碰這一下會頭破血流而死啊！

看著自己的好友又下跪又磕頭的，小虎喵竟難得的露出了著急的表情。只見她看了看我，又看了看阿麗，然後才對阿麗說：「阿麗，咱們別求他！這人幫不了妳的！」

「……大人幫不了奴家？」阿麗抬起頭來。

怎麼說呢？真不愧是狐仙啊！碰那一下那麼大力，她額頭竟然連破皮也沒有！真是誇張的硬！

總之，聽到阿麗的疑問，小虎喵硬是把阿麗拉了起來，先是對我哼了一聲之後，拉著阿麗往廟外跑。

「阿麗，這事情交給我，我去幫妳處理！那人沒有用的！」

說完，兩人很快就消失了。

我很無奈的看著兩人離開，又看著兩個傻眼的門神，才嘆了口氣，說：「其實我們早該料到小虎喵會有這樣的反應，對吧？」

「這小虎喵她……」

神荼的樣子非常不悅。但我在他開罵之前就笑著說：「沒差啦！她不是第一天這樣了啊！換個角度想想，這樣我們也少一件事情要操心不是嗎？總之，這件事情暫時先這樣吧……鬱壘啊！今天輪到誰泡茶？」

「泡茶？」鬱壘愣了一下，才指著神荼說：「大人，今天輪到神荼泡茶啦！」

「嗯啊～那就快去準備吧！」我推了推神荼，說：「就跟平常一樣，先別把這件事情太放心上！反正等她們真的出了亂子，咱們再想辦法解決就是了。」

「……希望如此。」神荼的眉頭皺到可以夾死蚊子。他一臉擔憂的說：「怕只怕這件事情沒這麼簡單。」

晚上，正當我準備要離開土地公廟的時候，樹林那邊突然有了動靜。於是我再度回到土地公廟裡面坐鎮，打算看看那是什麼東西再說。

以免自己會死得不明不白。

結果出現在那邊的不是我以為的魔，而是傷痕累累的小虎喵和阿麗。她們倆攙扶著彼此，一跛一跛的從樹林裡走出來，朝著土地公廟走來。

我一看她們兩人受了傷，趕緊要神荼和鬱壘過來幫忙，自己也跑了過去攙扶她們。三個大男人七手八腳的把兩個小女孩帶回廟裡安置好之後，我才蹲到她們倆面前問：「妳們沒事吧？」

「少、少囉嗦……」小虎喵緊咬銀牙，忍著痛不願示弱的說：「本、本座可以自己幫阿麗解決……不用你插手……」

「小喵……」一旁的阿麗看著小虎喵的樣子，心有不忍，含著淚水對我說：「大人……請您幫幫奴家……幫幫奴家……」

「先別激動！」我一邊說，一邊拿出枴杖，問兩邊的門神說：「這枴杖可以拿來治傷嗎？」

「大人的神力可以引發奇蹟。」鬱壘說：「只要不違逆陰陽、不違背良心，基本上沒有辦不到的事情。」

「所以使用方法一樣是用扁的來扁她們嗎？」

「……請大人不要公報私仇。」

我笑了出來，說：「切！你以為我是這種人喔？」

說完，我用枴杖輕輕的往小虎喵還有阿麗的身上各敲了三下。三下敲完，她們兩人的傷勢馬上有了大幅的好轉，一會兒工夫，身上看起來就像是沒事了一樣。

看到我露了這麼一手，小虎喵的神情有些訝異。但她還是哼了一聲，在小聲的道謝後，硬是要多補上一句：「以前的大人能做得更漂亮！」

至於阿麗，她則是在傷勢恢復之後，馬上又跪下來求我幫她主持公道。

我只是笑了笑，扶起阿麗，說：「我會想辦法幫妳的！真的，請相信我。」

聽到我這樣講，阿麗還沒回應，她身邊的小虎喵倒是先說話了。

小虎喵說：「就憑你?連本座都無可奈何，憑你一個凡人能做什麼?」

「我雖然是凡人，但我好歹也是個土地公。」我看著小虎喵，認真的說著。

「土……少笑掉人大牙了!」小虎喵不高興的說：「好啊!本座就等著看你怎麼解決這次的事情，還阿麗一個公道!你要真能解決這次的事情，把那魔趕走的話，本座就承認你這土地公的身分!」

我抓抓頭，苦笑著說：「唉唷，妳還挺執著的耶……其實妳認不認可我並不是最重要的事情了啦!」

「你說什麼!」

我不管小虎喵，轉頭看著阿麗，說：「我要幫妳，不是因為要讓小虎喵認可我。這只是因為我是個土地公，在我的轄區裡面有人鬧事，我負責保佑庇蔭的子民跑來要求我幫忙，我要出來盡一個當土地公的本分罷了。」

大概是因為我在說這些話的時候非常的認真且誠懇吧，阿麗聽完我的這番言論後，竟然發愣了幾秒鐘，才低著頭，點點頭低聲的說：「謝、謝謝大人願意幫助奴家……」

「好啦好啦～」我站了起來，轉頭看著那兩個從我一答應要幫助阿麗以來，就一直面露擔憂神情的門神說：「喂！你們兩個幹嘛那種臉啊？」

「這……」神荼和鬱壘嘴巴一開一闔，一臉欲言又止的樣子。

之後鬱壘走到我面前，說：「大人，借一步說話。」

於是，我和兩位門神一起到廟外面開了場小型會議。

「大人啊！」鬱壘表情有些不愉快的說：「之前一直來不及跟您講，本來也是想說看您今天下午那樣的表現，覺得您不會去蹚這灘渾水。可您最後還是跳下去了！這很不聰明啊大人！」

「是啊……」神荼的語氣比較沒這麼激動，但他也同樣不太滿意的說：「大人要清楚自己的身分，您說到底只是一個凡人啊！跟魔硬碰硬……」

「我很清楚自己的身分。」我打斷了神荼的話，拍了拍自己的胸口，說：「正是因為我知道自己的身分，所以我才會允諾阿麗，要幫她想辦法。」

「大人……」

「我是土地公。」我笑了笑，說：「我不是為了要得到誰的許可，也不是為了要表演給誰看。我很清楚，也很了解。但土地公還能選擇自己要幫助誰，不幫助誰嗎？只要是我自己轄區內的人前來要求我協助，身為管轄這裡的土地公，難道要拒絕他嗎？我很清楚那個魔不是我現在可以招惹的對象……不過，既然他侵犯了我轄區內人民的安危，那麼這件事情我就管定了！」

兩個門神先是對看了一眼，接著才對我點點頭，哈哈大笑了出來。

「大人啊！您這番言論說得可真是讓俺刮目相看啊！」鬱壘笑著說：「大人對於自己責任的認清，早已經跟之前剛上任的毛頭小鬼不同，現今的大人，可以說是一個真正的土地公大人了啊！」

「我和鬱壘的看法一樣。」神荼也說：「大人，剛才我們並非真的要勸退大人，而是想知道大人是否有把自己身為土地公的責任真正背負在肩上而已。雖然大人若是因為看清自己的實力，而不願意幫阿麗處理的話，咱們倆也不會為難大人去做決定。可剛才那番話，的確讓我更一步的認可大人的一切。」

聽到這兩人這樣的稱讚，我反而不好意思了起來。我抓抓頭說：「好、好啦！我們先回去廟裡面啦！今天已經很晚了，詳細的情況要怎麼做，我們明天再討論，好嗎？」

「是！大人！」

回到廟裡，小虎喵和阿麗兩人已經躺在椅子上睡著了。我也不吵醒她們，吩咐兩位門神先整理出一個地方讓阿麗能有暫時的棲身之所後，就騎機車回家了。

→→→◎←←←

隔天一早，我回到土地公廟要來處理這次的事情。

一踏進土地公廟，我先把兩位門神找出來開會。

「大人啊！經過昨天晚上一夜思考，您想出什麼對策沒有？」神荼問。

我搖搖頭，說：「沒有耶……我昨天回去躺上床就睡著了，沒想過這個問題。」

「大人啊！」神荼搖搖頭說：「這可不是鬧著玩的！」

「我知道啊！」我笑了笑，「我也不是啥都沒想過啦！可是我想了半天，覺得事出必有因嘛！一個魔沒事好端端的跑來別人家裡把人趕走幹嘛呢？全臺灣這麼多風水寶地，他就來這邊惹事端嗎？所以囉……我想了一下，我決定先去問問看情況是怎樣再說。」

「問問情況怎麼樣？」鬱壘皺眉問道：「問誰？」

「嗯……」我點點頭，說：「問魔。」

「大人！」

神荼和鬱壘兩人同時大吼，我則是要他們小聲點說話，並說：「小聲點！虎喵和阿麗還在廟裡休息，你們以為我們幹嘛好端端不坐著開會，要躲在外面吹風啊？」

神荼和鬱壘兩人先是點點頭，然後神荼才說：「不是啊！大人，您現階段要怎麼去問那個魔？您該不會打算要……」

「嗯！」我點點頭，笑著說：「就是這麼單純，我打算直接去問問看。所以囉～兩位門神啊！你們知道阿麗住哪邊嗎？」

「太危險了。」鬱壘搖搖頭，「俺不會讓大人犯這麼大危險去單獨面對那個魔的！」

「不會啦～不會危險。我會跑好不好！反正你們趕快跟我說地方在哪，我去去就回，不要雞雞歪歪的！」

神荼和鬱壘對看一眼，嘆了口氣後，神荼才說：「好吧……但大人可真的要自己小心注意吶！」

「嗯，遵命！」

從兩位門神那邊拿到阿麗家的地址後，我召喚出枴杖，在兩位門神的目送之下，跨坐上去準備要飛去會會那個魔。

但在出發之前，我又臨時想到一件事情，問兩位門神道：「欸欸～我突然想到！那個……我有沒有比較正式的制服啊？」

「啊？」

「就是制服啊！」

我跳下枴杖，對兩位門神說：「你們看看我啊！扣掉這根枴杖不講，誰看得出來我是土地公啊？要不是何土地公有帶著我介紹給大家認識，誰看得出來啊！所以啦～要是我不穿得體面一點，去到那邊，那魔以為我是路人來給他進補的我不就衰小？所以，到底有沒有制服可以給我穿一下啊？」

「呃，是有。」鬱壘點點頭，說：「不過俺認為大人不會想穿那個的。」

「不想穿也得穿囉！」我無奈的說：「拿出來我看看……」

我話還沒說完，神荼已經憑空變出一套土地公的制服。

這土地公的制服就是土地公神像上面的那種穿著——一襲金光閃閃的官袍，還有一頂官帽。

「……大人，您確定要穿？」神荼的表情好像很想笑，他說：「您現在了解為什麼明明有這套制服，咱們從沒要求大人穿上吧？咱們也是考慮了大人的年紀啊！」

「還真是謝謝你們沒讓我穿喔……」我苦笑著說：「這是穿上臺唱戲用的，改天我要參加臺大動漫季 cosplay 活動的時候，我會來向你借衣服的。」

「大人，其實您只要把枴杖帶在身邊，上頭的神力自然會有宣告您是土地公的效果了。」神茶把制服收好，說：「並不需要一定得靠這套制服才能讓他人知道您的身分。」

「嗯，了解。」我點點頭，「就是到時候我死命的把枴杖帶在身邊就對了吧？」

「沒錯，而且真要有什麼衝突，手上有個武器也好歹能擋一陣子。」鬱壘在旁邊補充道：「起碼……大人能馬上逃走。」

「啊哈哈～你們幹嘛老是覺得我會跟那魔起衝突啊？我現在只是去了解情況而已。」

「來者不善，善者不來。」神茶語重心長的說：「只怕大人會吃虧。畢竟咱們倆身為門神，守護的不只是廟，而是廟裡面的大人啊！」

聽了神茶的解釋，又看著兩人此刻意義深遠的表情，我點點頭，很認真的說：「嗯，我知道了。我這次會提高警覺，苗頭一不對我就落跑。你們兩個就安心的把廟顧好，等我回來吧！」

「遵命！」

說完，我再次跨上枴杖，朝著阿麗家的方向起飛出發了。

→→→◎←←←

阿麗的家算是在比較深山裡面，不過不算難找。因為我是用飛行的方式在移動，所以感覺上距離土地公廟並沒有很遠。才一下子的工夫，我就到了她家的範圍。

是的，範圍。

先解釋一下，在這個神仙鬼怪充斥的世界呢，所謂的「家」，並不像是人類的住所一樣，一個家庭擠在一間幾十坪的小房子裡。他們那些妖魔鬼怪所謂的家，指的是一個「範圍」，有點類似劃地盤的概念。而且不只是沒有洞府的妖怪有地盤的概念，事實上，那些有洞府、有廟宇的陰神或小仙，甚至包含我這個土地公，都適用這樣的概念。

總之，狐仙阿麗家的範圍並不大，不過猶如她所說的，這裡是一塊風水寶地。據說是她母親——一隻擁有九條尾巴的千年狐仙，這等級超高，大概已經有天上神仙的程度——親自幫她挑選的靈地。

甫踏進這塊寶地，我馬上覺得精神為之一振！就好像這邊的空氣特別的清新、芬芳，這裡的經濟成長率特別的高，要是我在這邊考試，沒唸書都能考一百多分的那種感覺。

連我這個半人半神都可以感受得如此強烈，更不用說那些妖魔鬼怪是可以從中獲得多少好處了！

「來者何人？」

剛在煩惱我應該怎樣跟強占此地的魔打聲招呼說「我來囉！」的時候，一道隱含著惡意的聲音就在空氣中傳開。

那聲音好像是從正前方來，又彷彿四面八方皆有，聽在耳裡好像刺進耳膜內，令人極度的不舒服。我緊緊握著枴杖，枴杖也隱隱發出和煦的金光，用一種神功護體的感覺替我隔絕這種難過，也穩住我那容易受傷、不安的心神。

當、當然不是說我有多容易受傷、玻璃心啊！那是因為人類跟魔的對話，本來人類就是容易受傷的那一方啊！

「我是管轄這座山的土地公。」我說。

「土地公？」

那聲音再度出現，同時颳起一陣帶著動物臭味的風，捲起地上的落葉。在片片落葉旋轉飛舞中央，出現一隻高大壯碩的、長著四條手臂的、全身白毛的巨大猩猩。

白猩猩一現身，一雙手交叉在胸口，另一雙手拱手作揖，但語氣並不易與的說：「不知土地公大駕光臨，本魔有失遠迎，還請見諒。」

這白猩猩口氣雖然不好，可是講話內容很有禮貌啊！

抓抓頭，我有點不知所措的說：「呃，免、免禮！」

「謝土地公。」白猩猩把作揖的雙手背到身後，說：「那麼，不知道土地公光臨此地，有何貴幹？」

「有何貴幹喔？幹……呃，那個閣下啊，我是來，呃這個……啊那個，原、原居此地的狐仙她……呃，呃……」

我話說到一半就打結不是因為我害怕還是口吃，而是因為我他媽的詞窮啊！雖然自從上山當土地公之後，講話用到文言文的機率與過去相較之下有了差不多101大樓那麼高幅度的成長，但說到底我也只會一些簡簡單單的句子啊！大哥我理學院的不是文學院的，不要計較這麼多行不行啊？

於是我決定改用白話文來說：「啊事情是這樣啦！本來住在這邊的狐仙跑到我那邊告狀，說閣下你啊，好端端沒事的跑到這裡來把人家趕走，她要我主持一個公道。所以我就過來看看啦！」

「哦？」白猩猩眉毛一挑，說：「那現在土地公已經看完了，有何感想？」

「啊？」

「本魔是問，土地公你看完了，現在打算如何？」

「呃……如何喔……」我抓抓下巴，說：「那個……可、可以的話啦！你能不能走去別邊啊？這裡是別人的家，強占民宅是犯法的！要不是你不受人類法律拘束，我會報警抓你的喔！」

「哇哈哈哈哈哈！」白猩猩仰天大笑，搖搖頭說：「人間的法律能奈我何？倘若本魔不走，土地公又能奈我何？」

「呃……你真的不打算走？」

「是。」白猩猩點點頭，說：「所以，土地公你打算如何？」

「我也還在想，因為我本來以為今天我親自過來了，你會聽我的話乖乖離開的說。」

我抓抓頭，有點無奈的說著。

「笑話！本魔愛在哪裡便在何方，豈會因為任何人、神、仙的三言二語便離開？」

「我知道啦～反正你就在這邊不要跑沒關係。」我一邊說，一邊跨上枴杖，對那白猩猩露出一個我自己也搞不懂笑啥意思的神秘微笑，說：「我會再來的。」

見我說完就要飛走，那白猩猩突然大吼：「慢著！」

「又怎樣啦？有話趕快說一說好不好？」我裝作有些不耐煩的樣子說：「拎杯一秒鐘幾十萬上下，等一下還要去別邊續攤，你如果不想聽我的勸告搬走，那這次的談判就破裂了，現在又想幹嘛啦？」

「你……哼哼！」白猩猩點點頭，說：「本魔的居所豈是說來就來，喊走便能走的地方？就算是土地公，也不可例外！」

「所以你是打算請我吃飯是不是啊？而且什麼你的居所，不過就是搶來的，講得好像好厲害一樣，騙人不知道你喔？」我搖搖頭，說：「喝茶就下次啦！我先走了，掰！」

說完，我也不等他廢話，趕緊把馬力開到最強，咻的一溜煙飛回土地公廟。

06

大戰混世魔王！

THE DEPUTY OF THE GOD OF THE EARTH IS IN PRACTICE.

回到土地公廟，我還沒落地，兩個門神趕緊跑出來噓寒問暖，從他們緊張的神情看來，好像我剛才那一趟是十死無生的不歸路似的。

落地後我先收好枴杖，沒等兩人開口，我直接講：「談判無效，那魔聽不懂人話。」

「……談判？」神荼驚訝的說：「大人您跟他談了什麼呀？」

「也沒說啥啊～反正他是不可能被我說兩句就搬走，還一副瞧不起人的屌樣。我看了心裡面覺得每送，我好歹是土地公耶！你這麼看不起人實在很討厭啊！我就嗆了他幾句，然後落跑了。」

「大人啊……您這實在是……」鬱壘的表情好像看到鬼一樣，「俺實在不知道該怎麼說您啦……」

「嘿嘿……反正也不算沒收穫啦～起碼咱們可以來討論一下，該怎麼樣把那隻魔趕跑囉！欸我們別一直站在外面吹風，進去喝茶好不好？那兩個睡這麼久也該醒了吧？」

「是，大人。」

走進土地公廟，我直接跳上神桌，回到自己的位置上坐好。才剛坐好，我眼角就瞄到一個穿著藍色古裝、婀娜多姿的身影從廟後方搖來晃去的走出來。只見阿麗端著茶水點心，恭恭敬敬的奉到我面前。

「大人辛苦了。」阿麗將茶水奉上時說道。

「嗯嗯，謝謝。」我接過茶水，喝了一口。等兩位門神也走進廟裡，阿麗送上茶水給他們後再退回廟後方，我才說：「呃……等等。」

「嗯？」

「為啥是阿麗泡茶給我們喝啊？」我指著廟後面說：「人家是客人耶！」

「這……」神荼有些尷尬的說：「阿麗小姐剛才在了解大人代替她去找那魔對話的事情後，便去後面準備餐點，說要等您回來可以享用……我和鬱壘當時正擔心大人的安危，便沒有阻止……沒考慮到失禮的事情……」

「喔……啊~又不是怪你們，乖啦！」我笑了笑，說：「總之，先不管泡茶的事情，先來想想要怎麼處理那隻魔。」

「……大人還想怎麼處理？」鬱壘反問：「那頭魔用說的說不聽，大人想趕走他，也只能用強。只是大人，俺對這件事情的發展，感覺可不樂觀吶！」

「也不是只有你不樂觀啦，我自己也不樂觀啊！」我笑了笑，說：「我哪可能真的去跟他對打啊？我那根枴杖扁人會不會痛我都懷疑啦！還是你們兩個讓我扁兩下試試？」

「大人！」神荼嚴厲的說：「請您認真的面對這件事情。」

「是。」我點點頭，然後指了指廟後，用脣語對兩位門神說：「不過我不想搞得太難過。我不想讓阿麗擔心我們的成敗。」

兩位門神對看一眼，才點點頭說：「是，大人，我們了解了。」

「了解就好。」我抓抓頭，說：「總之，要用強硬的方式去處理，也不見得非要我親自動手吧？」

「大人的意思是說？」

「他們啊！」我用手指了指天上的方向，說：「你們不老是常常在講，有些魔作亂起來，上天不派幾個神仙下來收掉是平息不了的。現在有個魔在我的轄區裡面作亂，也該讓我申請幾個霹靂小組的過來幫忙吧？」

兩位門神點點頭，說：「大人所言甚是。」

「那你們也要幫我啊！」我笑著說：「我是跟天上的人打過交道了喔？你們最起碼也教我怎樣跟天上的神仙聯絡啊！」

兩位門神聽到我這樣講，不禁又笑了出來。鬱壘點點頭，說：「大人啊！廟門口那座香爐可不是擺著好看的。大人若是想要跟天上的神仙聯絡，那座香爐便是聯絡的方式。」

「呃，那我要怎麼用？」我皺眉反問，同時跳下神桌，直接走到門口的香爐前，東看西看好半天，追問：「這東西上面沒東西啊！要讓人打電話也該有個按鈕或者觸控式螢幕吧？」

「大人，枴杖插下去就能用啦！」

「……所以我的枴杖是萬能鑰匙就對了喔？」

「……交接的時候沒說清楚，是咱們失職。」

我笑了笑，召喚出枴杖，把枴杖往香爐裡面一插。接著轟的一聲，一道金光從香爐口噴了出來，直衝上天！然後一道親切甜美的女聲便從那金光之中傳來。

「親愛的代理土地公李博翔李土地公您好，我是天界總機天女彩衣，很高興為您服務。請問您這次有什麼事情要請教上天旨意呢？」

看著那道金光，我愣在原地一下子不知道要說什麼才好。大概過了兩秒，我才抓抓頭說：「那個……我是想問說，我的轄區這邊有個魔在作亂啦！啊他已經影響我轄區內子民的人身安全、居住正義，偏偏我自己又沒辦法處理。想請求上天支援我把他收服了，就這樣而已。」

「是的，李土地公您的請願天界已經收到，這邊馬上會幫您處理。通訊請不要中斷，稍等一下，結果馬上會告知您，謝謝。」

「喔。」

說完，我回頭對旁邊的門神小聲的說：「喂，這東西感覺很不可靠耶，會不會是詐騙集團啊？」

「大人……那可是如假包換的神明吶！這種話可別讓他們聽到。」

「所以我才小聲的說嘛……」

我們一人二神的對話結束後，就坐在香爐旁邊圍一圈，看著那道金光發呆。

發呆。

發呆。

欸我覺得他們應該要放點音樂啊！我們人類在電話轉接的時候也會放個《給愛麗絲》或者哪首古典音樂以免等的人太無聊啊！

抱怨完之後，繼續發呆。

等到我們都快睡著了，那道金光終於有了反應。

一道低沉、莊嚴的男性聲音說道：「李博翔土地公。」

「……在、在！」我趕緊站了起來，對金光回應：「我在！請說！」

「這次的難關，是你必須自己想辦法解決的問題。上天這裡的旨意是不介入你與那魔之間的任何糾紛，你的請求，上天駁回。」

「蛤？駁回？啊哭么也給我一個理由啊！」

「這是天意。」

說完，金光消失，強制中斷了我與天上的聯繫，枴杖也自己從香爐裡面飛出來。

我接住枴杖，目瞪口呆的看著那個香爐，好半天說不出話來。過了一陣子，我才大吼說：「靠！這什麼意思啊？我他媽幾百年才一次跟你申請調個人過來幫忙解決問題，而且還是我這邊嚴重的維安問題，你不派人也給我一個理由啊！一句『這是天意』就要我回家洗洗睡？這什麼鬼啦！」

「大、大人啊！」兩位門神看我這般崩潰的大吼，趕緊一左一右的跑過來，一人一手的拉著我，左一言右一語的勸我冷靜。

「大人您千萬要保持冷靜啊！上、上天他自有安排，大人只要靜觀其變就好啊！」

「大人您這樣太衝動啦！俺怕上天會追究啊！有些話可別講這麼大聲，大人您小心點說話啊！」

「大人您千萬不要為了奴家而跟天庭的仙人吵架，奴家很過意不去的！」

一陣兵荒馬亂之中，一道女孩子嬌滴滴、軟綿綿的聲音突然插進來，中斷了我們一人二神的舉動。我往下一看，才看到我的腰上多了一雙白淨纖細的玉臂。而玉臂的主人正跪在我身後，環抱著我的腰，淚眼婆娑的看著我。

那不是別人，正是不知道什麼時候開始就待在我們身邊的阿麗。

「大人……您為了奴家不惜向天庭借天兵天將，奴家聽說這是要折福壽的！奴家已經擔待不起了……要是您又為了奴家而跟天上的仙人鬧翻，那奴家……奴家……」

阿麗說著說著，放開了我的腰，雙手摀著自己的小臉不住的啜泣。

我左看看神荼、右看看鬱壘，還不忘記看一下廟裡面那個目露凶光狠盯著我們的小虎喵，最後才清咳兩聲，對著阿麗說：「那、那個阿麗小姐啊！妳別再哭啦！我只是沒想到上天那班神仙會拒絕得這麼不拖泥帶水，公務辦事效率遠超過我們人間公務員好幾條街的距離。我不是生氣，只是在驚嘆原來神仙的辦事效率可以這麼快而已。我不會跟他們吵架，妳也別誤會，別再哭啦！快點起來吧！」

「是的，大人……」阿麗一邊抹掉淚水，一邊緩緩的站起身子。她用柔情似水的媚眼看著我，對我說道：「只是，大人能替奴家向天借兵將，這已經很讓奴家感恩……」

說到這裡，阿麗突然撲上來緊緊的抱住我。這一下實在太突然又太猛烈，擁抱的方式好像美式足球的擒殺啊！撲得我迴避不及，還噴出了「噗啊！」的尷尬聲響。

阿麗的身材與傳統狐狸精應該會有的情況一樣，哪邊該成長就發育良好，她那發育良好的部位就這麼直接貼在我的胸口，那種柔軟的感覺害我一下子覺得好、好、好那個……好……

……好害羞喔！

「咳咳！」

身邊的兩位門神突然用力的咳嗽，把我從這充滿舒服尷尬、令人感到羨慕嫉妒恨的狀態中拉回神來。我趕緊輕輕的推開阿麗，自己還多後退一步，抓抓頭說：「那個，那個……這、這只是我身為土地公應該要做的事情啦……阿、阿麗小姐妳不用太放在心上啦！」

嗚哇！狐狸精的功力果然了得啊！被她剛才這樣又摟又抱的，我覺得我現在肯定是滿臉通紅啊！都燙得可以在額頭上煎蛋啦！

「奴家聽到大人這樣說，真的很高興。」阿麗點點頭，但卻露出哀傷的表情說：「只是……如果大人真的沒辦法幫奴家主持公道的話……那就當是奴家命苦，注定要遭受此劫……嗚……」

「唉唷唉唷……小、小虎喵啊！妳先幫忙把阿麗帶去安撫一下啦！」我一看阿麗又要哭哭，趕緊向小虎喵求救，畢竟這樣又摟又抱又哭的，我心臟小，承受不了這樣連續的刺激啊！

不過小虎喵倒是沒有要幫忙我的意思，反而雙手交叉在胸口，對我露出一個看好戲的笑臉。

阿麗已經哭得稀里嘩啦，於是我趕緊又走到阿麗的身邊，拍拍她的背，一邊安撫她、一邊說：「那個，我還有很多招沒用啊！我好歹是土地公，沒這麼容易被擊敗啦！」

「……嗯……奴家相信大人。」

「那就別再哭啦……真是的……」我見阿麗不哭了，回頭對兩位門神說：「好啦……有個神仙說過：『上天關你一扇門，總會幫你留個窗戶。』雖然說這是西洋神仙說的，是洋人的玩意兒，不過道理就是那個那個……呃，那個天無絕人之路！反正山不轉路轉，馬特拉不拉我們就自己拉，上面不幫忙我們，我自己找別人幫忙。」

「找別人？」兩位門神不解的問道。

「嗯。」我點點頭，說：「就是……這座山上這麼多陰廟，還有這麼多精怪，我去賣一下土地公的面子，他們總該會來幫忙吧？」

兩位門神聽了我這個想法，先是對看一眼，然後神荼說：「大人……這個……」他說到一半，眼神一直飄到旁邊的阿麗身上。我猜應該不是這傢伙突然看上阿麗，而是他接下來的話可能不方便說給阿麗聽。於是我順著他們的意思，跟著兩位門神走到遠一點的地方去談話。

不過呀……為了要迴避阿麗，我們已經快要脫離土地公廟的範圍了啊！以前人家都說乞丐趕廟公，現在這情況根本就是狐仙趕土地公啊！

「大人，您要找哪間陰廟的廟主幫忙？您覺得哪個精怪會幫您蹚這渾水？」神荼搖搖頭，說：「恐怕，就算是大人親自去拜訪，也不見得會有好消息啊！」

一旁的鬱壘也跟著勸道：「是啊！大人！或許這真的就像那小狐狸所說的一樣，是她命苦，命中注定的。上天的意思這麼明顯了，大人乾脆別幫那小狐狸啦！幫到連上天都說是天意不讓您幫了，您要是現在收手說不管，俺也不會覺得是您的錯啊！」

「嗯，這點我跟鬱壘的意見一樣。」

等兩位門神說完，我則是嘆了口氣，說：「那你們要阿麗住哪啊？」

「她可以回她母親那邊啊！」神荼苦笑，「大人您或許不知道，這阿麗也不是默默無名的小狐狸，她母親可是四千七百年前神魔大戰時代就修煉至今的千年九尾狐，位階可比天界神明。這就是我和鬱壘一開始要大人別管這件事情的原因之一。」

鬱壘接著神荼的話往下說：「大人您想想啊！她的母親是隻千年九尾狐，怎麼可能會在出事的時候不找她母親幫忙，而是找大人解決？」

「……嗯。」我點點頭，說：「所以你們的意思是要我別管了？」

「是。」

「辦不到。」我笑了笑，解釋說：「自從上次那位阿嬤的事情過後，我很清楚會來這裡求我出面的人是什麼情況。那表示他已經走投無路，來我這裡求一個心安，求一個奇蹟。我不知道阿麗她母親有多猛，也不管為什麼阿麗出事後不去找母親幫忙，非要找我。可今天既然她跑來找我，而我又身為這個地方的土地公，那麼這件事情我就管定了。」

神荼和鬱壘聽完我這番話，兩人不約而同的都嘆了口氣。但他們的表情卻沒有覺得不耐或者不悅，反而是很堅定的說：「既然大人已經做出決定，那咱們也會挺大人到底。」

「嗯，那我們走吧！」我笑著點點頭，對他們說：「我們就去轄區內的陰廟，一間一間的向他們拜託……」

「不行。」

我話都還沒說完，這兩個才剛說要挺我到底的人馬上就說不跟我去啊！這哪門子的挺我到底啊？這年頭連神仙都不講義氣了喔？

「大人別誤會啊！」鬱壘趕緊解釋說：「咱們不是不想，而是不行！說到底咱們只是門神啊！大人可曾聽過門神放下自己的門，到外面出差的呢？」

「……呃，那你們前天是怎麼通知山上各大小陰廟有魔要來的事情？」

「我們用 Line 的群組發訊息通知的。」

說著，神荼從口袋裡面拿出一臺 HTC 的最新旗艦手機。

看著神荼的手機，旁邊的鬱壘也拿出他的 SONY 旗艦機皇，再加上之前在劉城隍那邊看到他們的平板，我突然覺得搞不好我口袋裡的 iPhone 4S 還是這群神仙裡面最爛的。

「……那請你們好好把廟顧好，也照看好阿麗小姐。」我有種不知道為什麼自己好像莫名其妙輸掉的感覺，「我自己一步一腳印的找那些陰廟的廟主商談這些事情吧。」

「是的，大人也請小心路上的安全。」

我點點頭，召來枴杖準備要出發。可就在這個時候，阿麗突然跑了過來，拉著我的枴杖說：「大人，您要去哪裡？」

「欸？」

我愣了一下，回頭對阿麗解釋道：「喔！我是要去找我轄區內其他陰廟的廟主和精怪，來幫忙妳解決這次的難題啊！」

聽到我的解釋，反而是阿麗呆了一下。接著她問：「大人不用手機打給他們嗎？」

你們這群穿著古裝的人不要一直拿手機手機的嗆我啊！阿麗妳等一下是不是會拿

iPhone 6 Plus出來啊？為什麼一堆神明妖怪手中的科技產品比我的還要先進啊？

我苦笑了一下，說：「沒有啦！這種要麻煩人出來幫忙拚生打死的，我覺得當面去拜訪人家，比較有誠意啦！」

「嗚～～」阿麗一聽我這樣講，馬上又感動得眼眶泛淚，說：「大人，您這樣對奴家好，奴家實在……那……大、大人，奴家有個不情之請，不知大人可否答應奴家？」

「呃？請說。」

「請大人帶著奴家一同前行。」阿麗走到我面前，雙手緊握著我的手，用那水靈動人的汪汪大眼看著我說：「奴家不能只是待在這邊看大人替奴家到處奔走！還請大人帶著奴家一起去拜訪這裡的鄰居！讓奴家代替大人去懇求對方。」

嗚哇啊啊啊！阿麗身上的味道好香，她長得好可愛，這柔弱的樣子讓人好心疼嗚嗚喔喔喔！這就是狐仙的魅力嗎？上次看到她，是她和她母親一起登場的時候，那時候都被她母親那隻千年九尾狐吸引過去，結果沒想到這阿麗的魅力也不遑多讓啊啊啊！

「咳咳咳咳！」

看我又被阿麗媚惑住了，一旁的門神立刻又用咳嗽聲把我的心神拉回來，然後對著我指了指枴杖。

有了這麼多次神奇枴杖的使用心得之後，我趕緊把枴杖握緊。果然，在枴杖的神力幫助下，阿麗對我的誘惑效果似乎減退許多，剛才那些臉紅心跳的反應，好像從來沒發生過一樣。

阿麗也看出我手持枴杖與沒拿枴杖的時候是兩個人，臉上的表情有些許的不滿。她嘟著嘴說：「大人不喜歡奴家這樣？」

「呃，沒有啦！」我抓抓頭，笑著說：「只、只是一直保持剛才那樣，我、我們不方便做事啊！等這次的事情結束後……妳、妳要是還想找我玩，我也奉陪啦……」

「大人啊！您要想想小柔夫人啊！」兩位門神異口同聲的發出大聲的抗議。

「啊哈哈哈～對、對啦！總之啊～那個，阿麗小姐，咱們就出發吧！」

「嗯！」

我先跨上枴杖，阿麗則坐到我身後。不等我提醒要她抓好，她主動的從我背後環抱著我，而且還抱得有夠緊！我完全可以清楚的感覺到有兩團軟綿綿的肉貼在我背上的觸感啊！若不是枴杖安穩心神的能力比想像中威武，我搞不好飛到一半就暈車了啊！

總之，我帶著阿麗出發了。

→→→◎←←←

大概花了一整天的時間，走訪了轄區內各大小陰廟，什麼山神啦、萬應公啦、百姓爺啦，我們都有去。我們也拜訪了轄區內的各大小精怪，只差還沒與紅衣小女孩和城隍見面。而扣掉從一開始就說了她不會插手的紅衣小女孩，以及還沒去的城隍廟以外，這些陰廟、精怪加起來表態說要幫忙的人數是非常踴躍的——零。

是的，零啊！

我多少也能了解不關自己的事情要替別人去找一隻魔打架是很不智的行為，可是我總覺得一隻魔跑到這裡，阿麗只是第一個受害者而已，大家不要以為那隻魔不會四處走啊！

哪天去你家拜訪你就不要出來哭！

「大人……我們回去了好不好？」

在飛往城隍廟的途中，坐在我身後的阿麗顯得非常落寞。她有點哽咽的說：「沒有人會跟大人一樣幫忙奴家的……」

「會啦！我跟劉城隍是麻吉！等一下去那邊我說兩句，他馬上會把家將和官將首都借我啦！妳放心吧！」

我一邊安慰著阿麗，一邊朝著城隍廟飛。但說實在的，我自己也對劉城隍願不願意幫忙這點不抱太大的把握。

果不其然，我們才剛進城隍廟，還沒開口，劉城隍直接表明拒絕的意思。

其實一整天下來，從第一間被拒絕到最後一間，我的心情當然是不可能好到哪裡去。所以聽到劉城隍也不願意幫忙，我就準備告別離去，回土地公廟再想想其他辦法。

只是在我要走之前，劉城隍把我叫了過去，說有些話要跟我私底下談談。

我跟著劉城隍走到城隍廟後面的小房間，他讓我坐了下來，要人奉上茶水給我喝之後，才開口說：「博翔老弟啊，你到底是怎麼了？」

「嗯？」

一開口沒頭沒腦的就問我怎麼了？我還想問你怎麼了咧！

我搖搖頭說：「什麼怎麼了？我沒怎樣啊！」

「不是。你和小柔妹子兩人不是好好的嗎？怎麼才幾天沒見，你就納了那狐狸精作妾啊？」

「噗！」

劉城隍這話他敢講我還不敢聽啊！嘴裡一口茶立刻噴了出去。我趕緊抹抹嘴巴，搖搖頭否認道：「靠！沒有啦！誰說的啊？」

「大家都在傳啊！」劉城隍擔憂的說：「咱們管理的這塊區域內，大小陰廟、各個精怪，每個都說新上任的土地公納了九尾娘娘的寶貝女兒作妾，現在要幫她出頭教訓那新來的魔。本來我還不信！老弟你和小柔妹子兩人的感情我可是親眼見證過的。結果現在一看，老弟你跟那狐仙竟然還真的走在一起！你是不是被那狐仙媚惑啦？」

「呵呵……不是啦……」我啞然失笑，說：「不是這樣啦……只是，這事情說來有些複雜，我就簡短點說給你聽好了。」

我把阿麗跑來找我的事情簡單的說完，不過劉城隍聽完後還是搖搖頭說：「博翔老弟，聽我的建議，若只是要幫忙，幫到這邊就行了。」

「嗯？」

劉城隍嘆了口氣，說：「新官上任三把火，我不是不能理解老弟你想把每件事情做到最好的心情。可你也得看對象啊！你雖然是地方父母官，但也不是每個來求援的對象，都值得你這樣盡心去幫助的。」

「怎麼說呢？」我有些不耐的問。

「阿麗她是狐仙！就算年紀仍小，她骨子裡依然是天生媚骨的狐仙。老弟你又不是單身，你可是帶著一個正宮夫人走馬上任的！今天你跟這狐仙走一起到處奔波的事情，只怕會對你的名聲造成危害。聽我的勸，幫到這邊就收手吧！對你的前途比較好。」

我搖搖頭。

見我不聽勸，劉城隍要再開口，但我卻先開口說：「都是一樣的。」

「……什麼？」

「在我的眼中，阿麗、小柔她學姐和她學長，以及上次那位老阿嬤，甚至是住山腳下的王太太，都是一樣的。大家都是我的子民，沒有分什麼好壞。更何況在出事之前，難道阿麗有做壞事危害鄉里？或者興風作浪擾亂附近人類的生活？沒有嘛！今天錯的人可不是來求援的阿麗，而是那隻來找碴的魔。我不懂為什麼大家都要我別幫忙阿麗，是因為我的能力還不夠，還是因為阿麗是狐仙？」

「呃這……」

「劉城隍，您的勸我有聽進去了。」我笑了笑，站了起來，說：「不過，這畢竟不是真正解決事情的辦法。總之，城隍您不幫，我也不勉強。但還是希望城隍您能幫我解釋一下，我沒有要納妾，我只是想要幫忙來找我求助的弱者而已。」

說完，我向劉城隍告辭，轉身離開小房間。

才打開房門，我就看到阿麗站在門口，一臉欲言又止的樣子看著我。我則是笑了笑，摸摸她的頭，說：「好啦！看來我得靠自己的力量去幫妳鬥一鬥那隻魔了。」

說完，我拉著阿麗，兩人一起離開了城隍廟。

在回去土地公廟的路上，我和阿麗都沒有說話。阿麗也不像一開始那樣抱我抱得很緊，反而是一臉心事重重的樣子。我猜她是在擔心再也回不去自己的家了，所以一回到土地公廟，我就跟她掛保證說：「妳安啦！今天晚上好好的休息一下，明天早上等我上山，咱們一起去找那魔，把那塊地搶回來。」

「大人……我……」阿麗神情複雜的看著我，然後轉頭看了看站在廟門口的小虎喵，接著又回頭對我點點頭，說：「我會等您。」

「嗯，掰！」

→→→◎←←←

隔天一早，我正準備要出門的時候，小柔突然叫住我。

「嗯？」我停下穿鞋子的動作，回頭看著不知道為什麼表情很擔憂的小柔，問：「怎麼啦？妳幹嘛那個臉？」

「……你……那個，山上那隻魔的事情處理得怎樣了？」小柔走到我身邊蹲下，關心的問道。

「呃……」我愣了一下。因為我不知道要怎麼跟她說我現在處理的進度，甚至我今天就是要上山去找那魔打架，這種話我根本不敢說啊！

「很難處理？」

「呃，也不是啦！」我笑了笑，「情況是比我想像的複雜啦！不過現在已經全部都在我的掌控之下了。開玩笑，我是土地公我超強的耶！」

「……最好是啦！」小柔白了我一眼，搖搖頭說：「我……不知道為什麼，今天早上睡醒之後就一直覺得有一種不好的預感。我很擔心你。」

「擔心我？」

喔喔喔！聽到小柔說她擔心我，這種平常聽到不想再聽的老媽子碎碎唸，在這個時候竟然聽起來這麼令人心情愉悅啊！

「嗯。」小柔點點頭，然後從旁邊的鞋櫃中拿出鞋子，一邊穿一邊說：「我也跟著去好了！我怕你這笨蛋會逞強做些傻事。」

「不要！」我趕緊出聲制止。但因為這聲音有些大，所以小柔反而被我嚇了一跳。我立刻放軟語氣，摸摸小柔的頭說：「我是說……那個，我還是很擔心妳！開玩笑我才擔心妳啊！我是土地公，還有神力能擋一下，妳只是『號稱』土地婆，沒有真正的神力。現在上山太危險了！」

聽了我的解釋，小柔臉上的擔憂之情反而更濃。

「我覺得你一定有事情瞞著我。」

「……哪有！」

「你別以為我看不出來。」小柔低著頭，說：「我會上山。我幫你們做便當，下午帶上山去。你要答應我，千萬不可以逞強。」

看著這樣堅持的小柔，我內心突然充滿了一股難以言喻的感覺。

我突然想到門神他們說的，天助自助者。或許那天的約會真的能讓我們的紅線接在一起，所以現在她才會擔心，因為她感應到了我今天的「計畫」吧？

於是我又打開了紅線之眼……呃，不用這名稱，我也不知道要怎樣稱呼啊！

我看著小柔手上的紅線，結果是又一次的失望，因為她的紅線還是依然朝著不知名的方向而去，就是沒朝我這邊。

「……我不會逞強的。」我穿好鞋子，站了起來，說：「妳不要上山。我答應妳，我會把事情處理好，然後回家跟妳一起吃晚餐。」

「阿翔……」小柔抬頭看著我，然後像是決定了什麼似的，點了點頭。她把鞋子收回鞋櫃，轉身回去房間。

看著小柔的房門，我內心那股又酸又甜的感覺更是久久揮之不去。不過，現在可不是可以讓我想太多雜事的時候啊！我對著小柔房間的方向喊了聲「我出門啦！」後，便離開家裡，上山前往土地公廟。

→→→◎←←←

來到土地公廟的時候，阿麗已經站在門口等我了。

我走到阿麗的面前，揮手打招呼說：「唷~已經準備好了嗎？」

「嗯……」阿麗點點頭，說：「大人，我們出發吧。」

「OK！」我一邊說，一邊召來枴杖，然後跨上枴杖，和阿麗一起起飛出發，朝著她的居所前進。

沒多久，我們來到阿麗之前居住的地方。跟上次來到這裡的時候一樣，我依然是一接觸到這邊的充沛靈氣，就感覺精神百倍。

「好啦！」降落之後，我收起枴杖，朝著阿麗的居所邊走邊說：「我記得是往這邊吧？我們走……」

「大、大人！」

就在這個時候，阿麗突然叫住了我。接著，她跑到我的面前把我的去路擋住。

「嗯？」

「大人……奴家……奴家……對不起您。」

「嗯？」我笑了笑，說：「怎麼啦？」

阿麗撲通一聲跪了下來，說：「這一切都是奴家與小喵聯合起來騙您的……其實奴家根本不是被趕出來……那隻魔是奴家在外地認識的，配合奴家演這場戲……因為、因為奴家和小喵都想把大人您趕出這裡……奴家知道錯了……請大人原諒奴家……」

我愣了一下。抓抓頭，我有點尷尬的笑著問說：「騙、騙我？妳和小虎喵一起要騙我？想把我趕走？」

「大人對不起……奴家、奴家真的知錯了！」阿麗用力的對我磕了一個響頭，接著維持這個跪趴著的姿勢向我解釋這一切。

她說，她和小虎喵都對我這個土地公很不滿。小虎喵對我的不滿我早就知道了，但阿麗對我的不滿，其實就是因為之前那次去喝花酒……我是說去參加宴會的時候，她對我施展媚惑術，居然一點用處都沒有，我的眼中就只有她母親的存在，所以她覺得我冒犯到她。於是兩個很討厭我的好朋友就聯合起來，想出一個方法要把我趕走。

於是阿麗跑去外地，利用她母親千年九尾狐的名氣找來一個混世魔王，配合她們演出一場「把阿麗的住所強占」的戲碼。然後阿麗來找我求援的時候，小虎喵再趁勢說出只要我能解決這個問題，她就承認我是土地公的話。但她們想的，是只要我沒辦法解決這個問題，她們就有把柄能上天告狀，把我搞下臺。

這個計畫真的天衣無縫！一來我肯定會幫忙，二來我肯定拿那混世魔王沒辦法，只要一切都按照計畫在走，那麼我被趕走只是遲早的問題而已。

唯一我不了解的是——

「……那妳為什麼要在這時候承認呢？」

我的心情很差，悶到爆了。所以我在問這問題的時候，口氣很不好。

阿麗抬起頭，額上沾了泥土，看起來臉上髒髒的。她一邊哭一邊說：「奴家沒料到大人會如此真心誠意的對待奴家。大人有好幾次的機會能收手，大人也很清楚自己的實力，可是為了幫忙奴家，大人依然不惜任何的代價……奴家故意陪著大人走遍轄區，就是想破壞大人的名譽……可是大人與城隍爺的對話，奴家聽到了……奴家那時候才了解奴家錯了……奴家內心非常過意不去，昨晚已經對小喵說奴家不願意再欺騙大人下去了……所以……現在只希望大人能原諒奴家，除此之外別無所求了。」

我看著跪在地上一直求我原諒她的阿麗，再想想這幾天為了阿麗到處奔波，我突然覺得自己的行為有夠蠢的。一個充滿熱血的笨蛋被騙，那畫面肯定很好笑吧？

「……算了。」我搖搖頭，垂頭喪氣的轉身，說：「沒關係，是我自己太笨。那麼多人勸我別管妳，連上天都叫我別管這件事情，看來是我自己太笨，才會上當。我先回去了，我會再跟小虎喵談談。」

話才剛說完，我正準備要召喚枴杖走人的時候，那隻混世魔王白猩猩卻在這個時候從森林裡現身了。

「本魔還在想說一大早的到底是誰在這裡哭哭啼啼的叨擾本魔休息，想不到是咱們最受人景仰的土地公大人啊！」白猩猩一邊說，一邊將他的四條手臂都高舉，一臉蓄勢待發，隨時準備開打的樣子對我說：「怎麼了？還記得昨兒個你才說要我記著，今天怎麼是帶著那小狐狸過來這裡？是想要兩個人一起對抗本魔嗎？本魔可是等很久哩！」

「住、住手！」

白猩猩話才剛說完，阿麗趕緊跑到我和白猩猩之間，張開雙手擋著我，面對著白猩猩說：「混世魔王，已經結束了！咱們的戲演完了！讓土地公大人離開！」

「戲演完了？」白猩猩歪著頭，露出了笑容說：「喔……是這樣啊？小狐狸覺得騙人之後良心過意不去？啊！是啦是啦~剛才的樣子，看起來的確是小狐狸在向土地公懺悔呀！哈哈哈哈！」

「是！」阿麗點點頭，說：「所以，咱們的戲演完了，你可以離開了，不要再找大人的碴！」

白猩猩高舉的四條手臂放了下來，笑了笑說：「嘖，說的也是呢，戲都已經演完了，那本魔也該收拾行李離開了。妳和土地公現在沒事了？和好了？那本魔是不是要說聲恭喜？呵呵……哪有這麼容易！」

「……你什麼意思？」阿麗表情一冷，警戒的說：「你想怎樣？」

「本魔想怎樣喔……」白猩猩雙手交叉在胸口，另外一手撓撓頭，剩下一手則撫著下巴，說：「本魔想住在這邊。」

「不要。」阿麗搖搖頭，說：「這裡是奴家的居所。」

「啊哈哈哈哈！放屁！」

話一說完，白猩猩突然一拳打在阿麗的腹部，阿麗被打得往旁邊飛了出去，撞在一旁的樹上！

看到這一幕，我一時間愣住了。回過神後，我不知發了什麼瘋，邊大吼邊朝著白猩猩的方向跑過去。

「喂！」

「哦？」白猩猩歪著頭看向我，臉上的表情非常嘲諷，他說：「土地公大人啊！你不是已經了解這隻小狐狸只是在玩弄你那天真的感情了嗎？怎麼現在看到本魔在幫大人教訓她，又想上來幫忙出頭啊？真被她迷住了？」

被白猩猩這樣說，我停下了腳步。視線瞄向被打飛的阿麗，又看了看那隻臉帶嘲諷笑容的白猩猩……我還是決定站在白猩猩的面前，說：「這是我跟她之間的事情，不需要你幫我出手。而且噗啊！」

我話還沒說完，下一秒就換我被白猩猩打飛出去。由於我一點防備都沒有，這一擊還真的讓我飛得高高的，撞在某一棵樹上，狼狽的倒在地上。

白猩猩冷哼一聲，說：「土地公大人，這句話是本魔想說的。現在是本魔和那小狐狸之間的事情，不消大人費心！」

可惡啊這混帳傢伙！但我現在根本使不出力站起來，只能趴在地上看著白猩猩跳到阿麗的身邊，一手抓住阿麗的頭，把她抓得雙腳離地，高舉過頭。他對阿麗說：「小丫頭，小狐狸啊！妳到底把本魔當作什麼啦？妳跟那個土地公都一樣，絲毫不把本魔放在眼裡了是吧？本魔豈是妳能呼來喚去的？」

「嗚……你……」阿麗的表情很痛苦，她一邊掙扎，雙腳亂踢，一邊說：「你……你不怕我娘親嗎……」

「怕。」白猩猩笑了笑，接著伸出舌頭去舔了一下阿麗的臉蛋，然後說：「不過只怕她來的時候，看本魔就成了『丈母娘看女婿，越看越有趣』呢！小狐狸啊，看妳長得還頗有幾分姿色，這樣吧！妳跟了本魔，做本魔的妻子，那本魔特別優待妳能繼續住在這裡，如何？」

「你這色猩猩……」我握緊枴杖想撐起身，可恨的是，現在我還是無力狀態啊！

「你……無恥……」阿麗弱弱的說。

「哈哈哈哈哈！」白猩猩仰天長嘯，接著隨手把阿麗再度扔到另外一邊去，撞在另一棵樹上。然後他又跳到阿麗的身邊，這次換抓著阿麗的腳，把阿麗頭下腳上的倒吊抓起，說：「對夫君出言不遜，這是一點教訓。」

「你……嗚……」

「……喂！」

就在白猩猩越來越囂張，阿麗越來越難過的時候，我終於吼出聲打斷了他們的互動。

白猩猩依然維持抓住阿麗的姿勢，回頭看著我說：「又怎麼了？土地公大人啊！您剛才還沒聽清楚嗎？這是我跟這狐狸精之間的問題，您別管太多啊！」

「……大人……」阿麗一邊哭，一邊把頭別開，說：「您別管奴家了……」

「其實你說的有道理，我也覺得她活該。」好不容易我用枴杖撐著自己的身體站了起來，一邊瞪著白猩猩說：「……不過阿麗現在還是我在罩的！你要扁她之前，問過我意見沒有？」

說完，我就衝向白猩猩，將枴杖朝著他用力的揮舞過去。不過白猩猩只是輕鬆的反手一揮，再度一拳打得我連人帶杖的飛了出去，然後撞在另一端的樹上才止住去向。

這一撞，依然撞得我全身骨頭都要散開，依然痛得我倒在地上站不起來。但與剛才不同，這次我才剛抬頭，就看到那隻白猩猩已經朝著我用肩膀衝撞過來！我趕緊使盡吃奶的力氣往旁邊翻滾，驚險的閃過猩猩的衝撞。但那些不會閃避的樹木沒這麼幸運了，一大片的樹林就這麼直接被撞倒！

我趕緊站了起來，雙手握住枴杖，雙眼盯著白猩猩，心裡想著到底要怎麼辦才好。

經過剛才幾次交手，我覺得現在自己還能站著思考就已經是奇蹟了。想打贏，根本不可能。我現在也應該沒機會能離開這裡回去討救兵。但我一打不贏，二又沒辦法離開，我實在想不到還有沒有第三條路可走。

「主人，請您打開戰鬥模式。」

就在這個時候，一道從來沒有聽過的聲音突然在我的腦海中響起。我東張西望，想知道聲音是從哪邊傳來的。結果那聲音又響了起來。

「主人！我就是您的枴杖！您趕快大吼『戰鬥模式！變身！』，這樣我就能將我的力量發揮在戰鬥上面了！」

我低頭看著我的枴杖……

「哭么！你會講話的喔？」

「主人小心啊！」

我還在震驚枴杖竟然會講話的時候，枴杖再度發揮出它講話以外的功能——它自己飛了起來把我拖離剛才的位置。只差大概不到一秒的時間，那隻白猩猩的衝撞與我擦身而過，他再度撞倒一堆大樹。

我看若是這座山也要都市更新，請白猩猩幫忙，比請工人砍樹還快啊！

有了枴杖主動幫我脫離險境的經驗，此時我也顧不得這種追加設定到底是從哪邊出現的，立刻雙手握緊枴杖，把它高舉指天，大吼：「戰鬥模式！變身！」

說時遲那時快，就在我語聲剛落的時候，枴杖噴出了一道喜氣洋洋的紅光！那紅光是神聖莊嚴的，溫暖和煦的。紅光把我包住的時候，我可以感覺到一堆布料主動的往我身上纏繞。接著，只聽見枴杖它發出「**戰鬥模式！變身完畢！戰鬥開始！**」的聲音，紅光隨即消失，之後——

我就變成土地公coser了啊啊啊啊啊啊啊！

「哭么！這只是換成昨天神荼變出來的那套制服而已啊！這樣叫戰鬥模式喔？」

「**主人，成大事者不拘小節。**」

「我靠你這枴杖的吐槽點未免太多……哎呀！」

我還在吐槽枴杖——是說，我竟然會吐槽枴杖——的時候，那隻白猩猩再度對著我攻擊過來。我的嘴巴立刻發出了尖叫，但我的身體卻主動的進行了動作，它直接揮舞那根進入戰鬥模式的枴杖，對著衝撞過來的白猩猩一枴砸下去！

「碰！」

一陣巨大的聲響，伴隨著一個激烈的爆炸，最後一個強大的震動以及一陣劇烈的狂風，我被震得往後又飛了好幾公尺。神奇的是，我在撞上大樹之前，身體居然自己對抗地心引力還有物理原則，在空中多轉了一圈，最後安然的落地。

接著，我才注意到我的枴杖上面有顯示數字，從三變成二。

「主人，你的力量不夠，戰鬥模式只能再支撐二十秒，之後不但會變回普通模式，我的力量也會完全中斷，請速戰速決。」

「靠你也不早說！」

聽到要速戰速決，我不再管現在自己到底有沒有受傷了，趕緊拿著枴杖朝著白猩猩衝過去。我使出全身的力量，揮舞枴杖對著白猩猩的腦袋用力一砸，結果那白猩猩一手擋住了枴杖，另外一手抓住了我，剩下的一隻手握拳，對著我的胸口拚了命的痛毆！

我本來以為我會被活活揍死，可是我身上這件土地公戰袍的防禦力非常驚人！被白猩猩這樣拚命的毆打，我卻連一點痛苦都沒有感覺到！

「喝啊！」我對著白猩猩發出憤怒的大吼，而枴杖再次噴出紅色的光芒！這紅光似乎具有殺傷力，轟得白猩猩痛到只能把我和阿麗都放開，四隻手保護自己的頭，發出嘰哇的亂叫聲。

我趁機摟著阿麗的身體，往旁邊的森林裡跑去。

「……大人……對不起……」

「別說話，我不知道還剩下幾秒……啊幹！」

不用問了，因為我話還沒說完，我的戰鬥模式就解除了。

戰鬥模式一解除，我突然覺得自己的身體非常的沉重。原本還能抱著阿麗在樹林中奔跑，現在只能狼狽的兩個人在地上跌成一團。

最慘的還不只如此，因為那隻白猩猩已經追上來了。

「土地公大人啊！您的小把戲看來已經變完囉！」

白猩猩一看到我現在又穿回原本衣服的模樣，笑著說：「把小狐狸放開，本魔實在不願意出手傷害一個神仙。」

「放你個頭！」我把阿麗抱得更緊，瞪著白猩猩說：「有膽就把我打死啊！」

白猩猩愣了一下，然後露出笑容。

「那還真是，恭敬不如從命呢！」

說完，白猩猩就狠狠的一拳朝著我還有我懷裡的阿麗轟了下來！就在這千鈞一髮之際，我立刻把懷裡的阿麗往旁邊扔開，讓她閃過白猩猩的重擊。

「磅！」

白猩猩這一拳狠狠的貫穿了我的胸口。

由於事情實在太過突然，所以我一下子根本還來不及反應，只看見自己的胸口莫名其妙的插著一隻毛茸茸的粗壯白手。這畫面意外的令人感到滑稽。

我看著白猩猩，白猩猩臉上的笑容依舊。

「我下手不知輕重，大人真抱歉。」

「啊啊啊啊呀——」

嗯，這麼淒厲的尖叫聲，我想應該是阿麗發出的吧……但我已經……

就在這一刻，一道黃色的身影閃電般的從天而降，噗擦一聲，白猩猩那貫穿過我胸口的手臂就跟他的身體分了家，噴出滿天的血雨。

「……本座都看見了。」

出現在這裡的人，是小虎喵。我愣愣的看著她，她依然是那樣的嬌小，但她此時散發出來的氣勢卻是如此的強大。

「你實在是很難把事情做得漂亮。」小虎喵背對著我，瞪著白猩猩，對我說：「但本座能了解，為什麼兩位門神能承認你的資格了。」

「本座願意承認你是一個真正的土地公。」

說完，小虎喵再度施展出她那如同閃電一般的速度，而旁邊那鬼吼鬼叫的阿麗也加入戰局，變成一黃一藍兩道殘像，聯手對著白猩猩打出一次又一次的攻勢。

而我，則是氣力完全放盡的躺在地上……在完全失去意識之前，我彷彿聽到了那些大小陰廟、精怪、城隍爺的家將、官將首們都跑來助陣的聲音……我也好像感覺到了一雙纖細但有力的手臂將我抱著，聽見了我的土地婆在我耳邊哭喊我名字的聲音……

07

再見，少年土地公！

THE DEPUTY OF THE GOD OF THE EARTH IS IN PRACTICE.

「所以你現在知道自己錯了沒有？」

坐在土地公廟的神桌上，我歪著頭看著被五花大綁、跪在案前的白猩猩，說：「欸，說話啊！之前打穿我心臟的時候不是很凶狠？下手不知輕重？」

白猩猩跪在地上，表情很不滿的瞪著我，但卻依然不發一語。

我搖搖頭，對著旁邊押解他的天兵天將說：「算啦～這傢伙看來是不會認錯的，有勞幾位大哥幫我把他送去關吧！」

「嗯，土地公大人還請多多休息。」

說完，天兵天將帶著白猩猩消失了。

我躺在神桌上，慵懶的伸了個懶腰。

「你怎麼會以為殺了一個土地公，上天會不追究啊？猩猩終究只是猩猩，太天真了！白猩猩，你好聰明啊！」我看著天花板，暗自對於自己心中計畫成功感到沾沾自喜。

雖然這是不成功便成仁的伎倆，但或許真的是天意，我這一把賭對了。

回到兩天前，那場在山上的大戰。當時在變身成戰鬥模式前，我真的無計可施。我向天借兵將卻不理我，我向地借人員也不給我，我只能靠自己……這實在是太爛了。結果，當下我腦子閃過一個瘋狂的念頭。

那就是——要是我真的葛屁了，那這隻白猩猩肯定會遭受制裁。

其實那瞬間雖然我有這樣想過，但我可不敢隨便拿自己的命開玩笑。而且後來還有了三十秒鐘的超廢戰鬥模式可用，我當然也是對於自己能活著離開這件事情有了一絲過分且錯誤的期待。結果後來，當戰鬥模式消失了，我發現自己逃不掉的時候，我決定慷慨赴義，用我土地公的一條命去喚起上天對這件事情的尊重。

就好像前陣子只要有社會大事發生，總統又不管的時候，總會有人絕食抗議一樣。

不過，要是我能早點知道小虎喵會在緊要關頭承認我土地公的資格，以及那些陰廟的廟主都被我的想法——也就是劉城隍到處去幫我宣傳我當初跟他所說的理念——所感動然後跑來幫忙，我也不會賭這一把就是了。

反正不管怎麼看，首先第一我身為土地公，要死本來就沒這麼簡單；二來我要是因公殉職，上天也肯定會出手相助，看是要幫我收掉白猩猩還是幫我收屍，祂總得要有點表示。總之，我李博翔靠著自己的一條命，成功的解決了這次的事件，可喜可賀、可喜可……「賀啊！」

我正在沾沾自喜，突然一道藍色的身影跳到神桌上，趴在我身上，緊緊的抱著我。

「大人您不要緊吧？奴家來探望您了！」

「嗚哇妳這樣壓著我好……好……」

壓在我身上的人是阿麗，她那兩團軟綿綿的胸部這樣壓在我胸口，我完全可以感受到那種舒服的感覺。這一下子我就臉紅心跳說不出話，一個好字好了半天，就是說不出「好舒服喔～」來。

「咳咳！李博翔！你給我起來！」

就在這時候，小柔的聲音從門口的方向傳來。她走到我的身邊，看著我以及趴在我身上的阿麗，表情不高興的說：「你到底在想什麼？你這樣說去死就去死，你有沒有想過我啊？」

「呃……」

我愣愣的看著小柔。她的表情從臭臉，慢慢的變成哭臉。她哭得稀里嘩啦，好難過、好難過。長這麼大，認識她這麼久以來，我第一次看到她哭成這樣。哭得我也覺得難過，硬是從阿麗的壓制下伸出一手幫她抹掉淚水，說：「對不起啦……我是有點太衝動了……只是當下我也沒有別的辦法可以幫阿麗了……」

小柔沒直接回應我，還是一直哭，一邊點點頭表示她知道我在想什麼。等她不哭了，她才對從頭到尾一直都趴在我身上的阿麗說：「……我聽門神說妳叫阿麗。」

阿麗一直趴伏在我身上。她看了看我，又看了看小柔，好像現在才發現她趴在我身上的這件事情很奇怪似的，她趕緊跳下神桌，撲通一聲跪倒在小柔的面前，說：「土地婆娘娘在上，奴家正是阿麗。」

小柔苦笑一下，「好啦好啦！妳起來啦！唉……那個笨蛋都會為了妳去死了，妳覺得土地婆娘娘的位置還屬於我嗎？只是以後得換妳照顧那個笨蛋，妳要辛苦一點囉～」

聽到小柔這樣講，換我趕緊坐起來，「欸欸！妳說什麼啊？」

「嗯？」小柔看了看我，說：「難道不是嗎？」

「當、當然不是啊！我的土地婆只有妳一個啊！就是……因為我……」

「因為你怎樣呢？」小柔一臉疑惑的看著我問：「因為……你喜歡吃我煮的飯嗎？」

「……呃……對。」我點點頭，因為總比我莫名其妙就把「因為我喜歡妳啊！」這句話說出來的好。

只是這也轉太硬了吧！小柔妳的腦子裡到底裝了什麼？怎麼會想到那邊去啊！

「可是……」小柔看了看我，又看了看阿麗，臉上露出了為難的表情。

「姐姐！」

就在這個時候，阿麗卻突然站了起來，牽著小柔的手，說：「妳是土地婆娘娘，是正宮！奴家只要能陪在大人身邊就好，奴家不求名分的……只要姐姐不嫌棄妹妹，妹妹願意與姐姐一同伺候大人。」

聽到阿麗這樣講，我下巴都要掉下來了！這是什麼詭異的情況啊？

而小柔也是一臉的疑惑，但很快她就點點頭。

「嗯！好妹妹。」小柔也緊握著阿麗的雙手，面帶微笑的看著阿麗說：「以後妳就稱我姐姐，咱們一起伺候皇上……呃，本宮是說，伺候土地公大人。」

哭么！小柔妳宮廷劇入戲太深了啊啊啊啊啊！妳的自稱已經從「妾身」變成「本宮」了啊！妳現在是演戲演上癮了是吧？

總之，這次的事情就到這邊，終於全部告一段落。

而我也成了全臺灣，唯一一個當土地公當到有後宮的男人。

→→→◎←←←

自從白猩猩的事件過後，我在轄區內的地位就變得很穩固。而有了那次的經驗，我也加入了轄區內所有廟主、精怪的 Line 群組，組織了一個巡守隊，以防日後又有相同的事件發生。

而大家對於我身為土地公，卻擁有土地婆還有小三這件事情，感到非常自然。

這天下午，我坐在神桌上處理業務的時候，突然兩位門神急急忙忙的跑了進來，對我說外面有天界使者下凡，要我出門晉見。

走到廟外，看到一位穿著古裝的天界使者，我先拱手作揖，笑容滿面的迎接對方。

「使者大哥辛苦啦！從天界下來想必是有重要的事情要說明，還請明示。」

天界使者點點頭，接著彈了一下手指，從天上又降下一道和煦的金光。一個穿著古代官袍的中年人從天空緩緩下降，降落到我面前的時候，先對我彎腰鞠躬，抱拳問好。我也向他點頭致意。

這時，天界使者說：「李博翔土地公聽旨！上天感念李博翔土地公以凡人之軀暫代仙界職位能力有限，故以最速件處理接班人選。經過眾神一致推薦，這位江孟達土地公，將成為此區下任土地公。李博翔土地公，你有兩天的時間交接所有事宜，隨即便可恢復凡人身分，欽此！」

聽完天界使者的話，我愣了一下，有點遲疑的說：「李博翔……接旨。」

旨意傳遞完畢，天界使者就回去天上，把那位要跟我交接的江土地公留在這裡。我看著天空，久久不發一語。

「李土地公，李土地公！」

江土地公叫了我好幾聲，我才回過神來，問他：「呃，怎、怎麼了？」

「呵呵……沒事，只是想說，既然咱們只有兩天的時間能夠交接，那是不是得快點完成才行？」

「其實交接很快，當初我交接還不到一天就上任了……」我抓抓頭，苦笑說：「沒關係啦！那個……我先帶你認識一下環境……」

其實我腦子裡還是一片的空白。

我知道這一天始終要來，我終究會有一天回歸凡人的身分，因為我本來就只是個凡人，不是真正的土地公。

但我沒料到這一天會這麼快的到來。

我先用Line的群組發訊息說今天要開一場歡迎宴會，通知轄區內的所有廟主、精怪、魔都要出席，之後我才帶著江土地公在轄區內到處走走。

每走到一個地方，我就覺得心情沉悶一點。

我還記得自己是怎麼樣在這座山上奔走，我也還記得自己是怎麼樣為了那些來求助於我的信徒在這塊土地上奔波。

阿嬤的笑容、學姐與學長的曖昧、以及和白猩猩那場驚險的大戰……一樁一樁數來，記憶是如此的鮮明。

「學長，學長！學長～～～」

「啊？」

江土地公笑了笑，說：「想說雖然你年紀比我小，但總是比我早擔任土地公，稱你一聲學長不為過。沒想到你反而不習慣這稱呼啊！」

「……哈哈，啊就我以前都只能叫人學長，沒有學弟咩……」我抓抓頭，試著讓自己看起來沒那麼奇怪。

照理說我應該要很開心的。

我還記得自己一開始是多麼排斥要來當土地公。所以，照理說，當我確定可以回歸凡人身分的時候，我應該要很開心的。

可是我卻開心不起來。

晚上，我帶著江土地公來到約好要開宴會的場所，也就是那間傳說中的餐廳。來到這裡的時候，跟上次一樣，那些陰廟的廟主已經都到了現場。我同樣感受到一股強大的壓迫感，壓得我只好求饒說：「那個……大家可以不要壓迫我嗎……我只是凡人，會怕的是我，不會是他啊……」

聽到我這番討饒的話，那些廟主統統哈哈大笑，並且要我這個遲到的人自罰三杯水酒，以示歉意。

在宴會上，我把江土地公介紹給與會的所有廟主，也讓他跟這些人都打過招呼。這頓飯吃完了，大夥兒各自做鳥獸散。我們回到土地公廟，我才把他介紹給廟裡的人。

「孟達兄，這兩位是我們的門神，這位是神荼，這位是鬱壘。未來他們會幫忙你處理很多事情，很厲害、很好用的。」

江土地公聽了我的介紹，主動的上前跟兩位門神握手，說：「兩位好，我叫江孟達，明天要來這邊擔任土地公，還請兩位多多指教。」

神荼和鬱壘兩人先看看我，然後才去跟江土地公握手，說：「我們也是，請江大人未來多多指教。」

他們一邊聊天，我一邊彎腰，掀起神桌的桌布。才剛掀開，就看到坐在裡面的小虎喵瞪著我。

「你也要丟下我嗎？」小虎喵問。

「……對不起。」我抓抓頭，苦笑著說：「可是……這是天意。」

「廢物。」小虎喵把臉別開，說：「好不容易才承認你的資格，你這樣搞得我好像笨蛋一樣。哼！」

說完，小虎喵才從神桌底下出來。

江土地公看到小虎喵，笑著走過來說：「這位小姐想必就是我們這間廟裡的虎爺了吧？呵呵……妳好，我是江孟達，未來還請多多指教。」

「喵～」小虎喵用很可愛的聲音，就跟第一次看到我的時候一樣，故做撒嬌的樣子對江土地公說：「我是小虎喵，還請江大人未來多多指教～喵～」

他們四個人在彼此自我介紹之後，神荼就去泡茶，然後大家圍著神桌坐下來聊天。因為我沒啥心情聊天，便說想回家睡覺，跟他們說了再見後，就自己離開了土地公廟。

跨上機車，在離開之前，我又回頭看了看土地公廟。

那裡面有一個土地公，在與他的門神、虎爺聊天，一邊喝茶吃茶點。這樣的場面，過去一、兩個月裡，在這間土地公廟裡，幾乎天天上演。

未來也會持續下去。

只是土地公不再是我了。

想到這裡，我突然覺得很想哭，也不想再看下去，發動機車就要離開。

「……大人。」

結果機車才剛發動，正準備要上路，我馬上感覺到後座多了一份重量。一股誘人的香味從我身後傳來，一雙白淨的玉臂環抱住我。

「大人，聽說您明天就要離開了？」阿麗抱著我，在我耳邊問：「是真的嗎？」

「嗯啊～」我點點頭，說：「我有傳Line給妳，妳沒看到嗎？」

「有。」阿麗緊緊抱著我，說：「但我想聽您親口說給奴家聽。」

「那妳聽到啦～哈哈～」我笑著，一邊往我家的方向騎車。

「可是奴家不想大人離開。」阿麗的聲音在顫抖，似乎正在哭泣。她說：「大人……奴家曾經說過，大人的恩德，奴家願意奉獻所有來回報……奴家喜歡大人，大人請不要丟下奴家。」

我停下機車，把手輕輕的放在阿麗的手上。

「對不起啦……可以的話，我也不想走。」我苦笑著，說：「可是，這是天意。抱歉，我要走了。」

「……今晚我能去大人家過夜嗎？」阿麗在我耳邊吹了一口氣，說：「大人知道嗎？身為狐仙，要先媚惑過一個男人，才能算是真正的狐仙，不然就只是孩子。奴家想讓大人……成為奴家的第一個被媚惑的男子。」

「……哭么，這樣是妳被我媚惑走了吧！」我笑著搖搖頭，說：「好啦～我該回家睡覺了！不然妳小柔『姐姐』會擔心的。妳也回去休息吧！時間久了，妳就會碰到其他更好的男人囉～」

「……大人大笨蛋！」阿麗搥了我一拳，就跳下車消失了。

我回頭一看，什麼也沒有留下，只有滿滿的香味還在。

「……再見。」

這天晚上我很難睡著，翻來覆去的，怎樣也睡不好。整夜未睡，隔天只能頂著兩個黑眼圈去學校上課。

→→→◎←←←

放學之後，我和小柔一起上山。

「真難想像，我們也當了這麼久的土地公夫妻耶～」

在上山的途中，坐在機車後座的小柔說：「這段時間內好多回憶，想想也挺有意思的齁！」

「嗯啊～」我笑了笑，說：「這樣的經驗真的很特別呢～只是……想到要結束了，我心情還是很糟糕。」

「嗯。」小柔把我抱得更緊一點，說：「乖啦～我給你呼呼，別難過了！天下無不散的宴席啊！」

「嗯，這樣妳以後就不能玩土地公甄環傳的遊戲了。」

「這樣也好，不然有人跟我搶你，我也很困擾。」小柔抱著我，說：「你可是我的青梅竹馬！我一個人的！誰都不可以跟我搶！嘿嘿！」

聽到這句話，我心裡跳了一下。

然後我點點頭，笑著回應：「……是啦是啦～我們會一直在一起啦～」

說笑之間，我們再度回到了土地公廟。

這是我們最後一次來到這裡，最後一次踏進這間廟，最後擔任土地公、土地婆的幾個小時。

我和小柔手牽著手，看著那些為了要送別而趕來這邊，把小小的土地公廟擠得水洩不通的各大陰廟廟主、精怪們。

我可以看到姑娘廟的姑娘們唱著離別的臺語歌《車站》，看著各大陰廟的廟主還有劉城隍一起把我留下來的巡守系統拿給江土地公看並且解釋給他聽，看著紅衣小女孩和座敷小童坐在土地公廟的屋頂，面帶微笑的對我揮手道別，看著兩位門神端著茶水點心穿梭在這些人之間忙得不亦樂乎，看著小虎喵一邊掉眼淚、一邊抱著哭成淚人的阿麗，安慰她要她別太在意我這個根本啥都沒做的「負心漢」。

我看著這一切，眼淚撲簌簌的掉了下來。

我不難過，但我覺得沒能好好說再見，有點遺憾。

小柔拍拍我的背，輕咳兩聲，向大家宣示我們來了。

所有的人統統停下動作，接著站成兩排，恭敬的對我們大喊：「恭迎土地公大人、土地婆娘娘駕到！」

我牽著小柔，緩緩的走向土地公廟，穿過那些向我揮手道別的眾廟主、精怪，走到江土地公的面前。

然後，我召出象徵土地公身分的枴杖，一手牽著江土地公的手，另一手拿著枴杖。

「這裡以後就交給你了。」

「希望學長日後能常回來看看。」江土地公苦笑著說：「尤其是虎爺和那位狐仙，她們會很想你的。」

我笑了笑，把枴杖交給江土地公。

「大家，謝謝大家這幾個月來的照顧了！」我握著枴杖，環顧整間土地公廟，另外一手牽著小柔一起，向這些最可愛的傢伙說出最後的道別：「大家珍重！再見！晚安！大家可以回去吃飯啦！」

說完，我把握著枴杖的手放開。

這一瞬間，所有的廟主、精怪統統都消失了，只剩下安靜、陳舊但乾淨的土地公廟，一陣微微的檀香味，以及神桌上那尊曾經代表我，現在已經是別人的土地公像。

「……結束了。」我小小聲的說著。

小柔這時候也滿臉淚水。

我還當她真的都不會哭咧！靠！結果哭得比我還慘！

我牽著小柔走出土地公廟，正準備要騎上機車離開。但在跨上機車開之前，我又走回土地公廟，拿出平常都是別人在使用的那對筊杯，對著神桌上的神像，閉上眼睛，誠心誠意的問：「以後，我們還會是朋友，對不對？」

擲筊。

無杯。

連續三次，都是無杯。

小柔走過來看到這樣的情況，拍拍我的肩膀說：「算了啦～總比你當初為了要表演給我看而每個都聖杯來得誠懇多了。」

「……我想也是。我們回家吧！我肚子餓了，妳今天煮豐盛一點好不好？」

「好啦好啦～小鬼欸你！」小柔邊笑邊說：「你剛才哭得好難過，超可愛的。」

「靠！妳哭得比我還慘還敢說咧！」

「哪有啦~哈哈哈哈哈~」

笑著，鬧著，我們離開了土地公廟，回家吃了一頓豐盛的大餐，還一起去看了場電影，玩到很晚才回家睡覺。

而睡前，我才發現手機的Line群組裡面有未讀訊息。

每個人都有回話。

但總結就是這樣一句話——

「大笨蛋！我們永遠都是好朋友！」

《代理土地公執業中！》完

THE DEPUTY OF THE GOD OF THE EARTH IS IN PRACTICE.

after END

天助自助者

THE DEPUTY OF THE GOD OF THE EARTH IS IN PRACTICE.

「……還請土地公大人、門神、小虎喵、阿麗或者誰在現場有看到的，保佑我、本人、李博翔、前任土地公明天的小考能夠順利。」

李博翔跪在神桌前，閉著眼睛誠心誠意的祈求各路神明、各地英雄好漢好兄弟都能幫忙他應付明天的小考。為了方便眾人幫忙，他甚至還把上課的講義帶來，放在神桌上供眾神參考，希望等會回去看講義的時候，明天會考的考古題就會自己發光。

這種神奇的拜神方式雖然是創意十足，有創意、夠噱頭，但其實沒有用。

在阿翔看不到的地方，神荼、鬱壘拿著講義翻了半天，依然沒辦法理解裡面的各種數學符號、物理公式代表的意義。小虎喵只知道抱著阿翔帶來的、小柔親手製作的便當吃。新任土地公江孟達則是拿著手機聯絡文昌星君，一邊聽他說他也搞不懂物理，一邊滿頭大汗的不知道等一下要不要給阿翔聖杯。

還有那個從阿翔一進門，就一直「抱」著阿翔、笑容滿面的花痴狐仙——根本不用指望她能有什麼建樹了。

阿翔拿出筊杯，誠心誠意的祈求過後往下一擲，連續三個聖杯，他終於露出了笑容。

別人求神問卜有沒有用是心理安慰，但阿翔前幾天才剛從面前的神壇上走下來變回凡人，現在看到連續三個聖杯，他就知道明天的考試妥當了，於是心滿意足的轉身離開。

「大人～大人～～～」

眼看阿翔要走，阿麗趕緊出聲挽留。畢竟已經分開了幾天，現在終於相見，阿麗又這麼喜歡這個阿翔，她實在很希望阿翔能在土地公廟多待一會。

似乎聽見阿麗的呼喚一樣，阿翔突然停下腳步。

「……不知道你們過得怎樣？」阿翔看著廟門，若有所思的說：「神茶、鬱壘……你們泡的茶與點心，那味道真的很棒。」

神茶和鬱壘兩人聽到阿翔這樣講，就來到阿翔的身邊，欣慰的看著阿翔，說：「大人啊……咱們也很想再泡給您喝啊！」

阿麗則是跟在旁邊說：「那我呢？那奴家呢？奴家也有泡茶給大人喝過啊～～」

阿翔當然沒有回應，而是轉頭，蹲到神桌底下，看著神桌下面的虎爺塑像，說：「小虎喵，妳還氣不氣我也離開了？應該不氣了吧？我們還是好朋友對吧？」

神桌底下，小虎喵捧著便當看著阿翔，一邊吃便當、一邊說：「你每天都帶便當上山的話，本座可以當作你沒離開過。」

阿麗也蹲在神桌旁邊，看著阿翔說：「還、還有奴家啊！奴家雖然還是有點難過，但要是大人能天天上山來看看奴家，奴家也是很開心的！」

阿翔當然還是沒有回應，他站了起來，看著桌上那尊土地公的塑像，抓抓頭說：「不知道你有沒有被這些人為難？我當初可是吃了他們幾個很大的苦頭，差點連土地公都幹不下去了呢！」

江孟達笑了笑，說：「呵呵……學長您費心啦！我跟幾位都處得很好，謝謝學長的關心啊！」

阿麗跳上神桌，跟阿翔面對面，鼻尖都碰在一起了。她說：「我我我！我沒有再找魔來惹麻煩！奴家現在很乖……很乖……」

阿翔沒有回應。他只是雙手合十，再度拜拜。

「明天的考試希望大家幫忙啦！我要是考得好，再帶更好吃的東西過來喔！掰掰！」

說完，阿翔轉身走出廟門。

「那奴家呢？」阿麗看著阿翔的背影，淚珠一滴一滴的掉了下來。她哭著說：「奴家呢？大人您怎麼都沒有關心奴家……奴家是這麼想您……」

「……我想，因為這邊是土地公廟，所以大人他沒想到妳會在這邊吧？」小虎喵捧著便當，從神桌底下竄出來吐槽。

阿麗抹抹眼淚，垂頭喪氣的在旁邊找個位置坐下。

「說的也是呢……」阿麗低著頭，說：「狐仙和土地公本來就不可能……是奴家想太多了……」

聽到阿麗這樣說話，廟裡的兩位門神加一個土地公立刻把小虎喵推上前。因為他們很清楚，這隻狐仙只要一哭，就沒完沒了的。

其實連小虎喵都覺得有點不知道要怎麼辦。她只是虎爺，男歡女愛的事情她根本不清楚！她只知道自己的好朋友這些日子很難受，但難受的點是什麼她完全不懂！除了沒什麼安慰效果的「別再哭了！吃個便當好嗎？」之類的話以外，她根本不曉得要說什麼。

她並不想自己的好友這樣難過下去，所以她決定採極端一點的做法。

「……阿麗，妳還是放棄大人吧！」小虎喵語氣平穩的說：「阿翔大人他和小柔夫人本來就是命中注定的一對了，妳難道不知道嗎？」

「奴家當然知道……」阿麗抬起頭，早已淚流滿面，她說：「大人和夫人之間紅線的牽連，可說是繞了整個世界一圈都斷不了的堅固！妳真以為奴家看不出來？」

「那……那妳就好好祝福人家啊！」小虎喵皺眉，說：「我就不懂了……妳既然也能看見他們兩人的紅線，怎麼還這麼執著啊？」

「是啊……」阿麗又低下頭去，「這道理奴家也不懂。可奴家就是……愛上就是愛上了！哪能有什麼辦法嘛！小虎喵、兩位門神、土地公大人，你們不懂的……不懂的……」

阿麗一邊說，一邊淚流滿面的離開了土地公廟，失魂落魄的回到了狐仙居所。

之前一直沒能好好介紹，阿麗居住的地方，是在那片樹林之中的一間小小的木屋。說是小木屋，但麻雀雖小，五臟俱全。所有生活起居該使用的東西一項不缺之外，前面還自己闢了個小花園，後面還有一座露天小浴池。可以說是除了Wifi網路以外，應有盡有了。

回到狐仙居所，阿麗趴在桌上，嚎啕大哭。

她明白阿翔和小柔之間的羈絆堅固得牢不可破，但她就是沒辦法看開。

她不知道自己喜歡阿翔哪裡，但她就是喜歡上了。

也因為這樣的清楚、這樣的明白、這樣的不知道，她才會這樣的難過。

就在這個心情不佳的時候，還有人要來打擾她。有人竟然闖入狐仙居所的範圍！這讓心情不好的阿麗決定去嚇嚇這個擅闖自己居所的王八蛋來出氣。

結果，當阿麗看到那個擅闖進來的人竟然是阿翔的時候，阿麗原本的不開心馬上消失無蹤，整個人又重新染上粉紅色的泡泡。

「阿麗，妳有在嗎？」

「奴家在！奴家在！奴家在！」

阿翔抓抓頭，說：「那個……我這邊有帶便當，妳小柔『姐姐』做的，希望妳能好好吃飯。那個……我明天要考試，妳要記得保佑我。啊然後……不知道妳過得好不好啊？那個……唉，我也不知道要說啥！總之……我也是想要說一聲謝謝。雖然妳是狐仙，可是……妳是第一個說喜歡我的女生。」

「幹！說實在的，要是妳不是狐仙，我早就跟妳交往了！妳超正的！身材又辣！我家那個小柔跟妳哪能比啊！不過，或許這就是緣分吧？」

「唉～我家裡開廟的，我自己也當了土地公，這種事情喔……就是緣分啊！就好像我和小柔一樣……唉！我到現在還不知道小柔的紅線會牽給誰！不過天助自助者嘛～我只要這樣每天追著小柔跑，或許哪一天她就會跟我在一起，紅線就牽到我身上……」

阿麗坐在阿翔的身邊，靜靜的聽阿翔說話。不只是關心自己有沒有吃飽，阿翔對她說的話，比剛才在土地公廟裡面說的全部加起來還多。光是這點便讓阿麗開心得要升天。

「……總之啊～來是偶然，走是必然。希望妳有聽到我說的……然後，明天要保佑我的考試，好不好？」

「好。」

阿麗說完，就對著阿翔獻上深深一吻。

這是一個虛幻的，阿翔永遠感覺不到，但對阿麗來說是足以讓她心滿意足的吻。

「能夠喜歡大人，真是太好了。」阿麗緊緊的抱著阿翔，說著。

「我會常來找妳聊天的，而且，要是有緣分，搞不好哪天我們還會見面喔！」

說完，阿翔轉身離開，跨上機車消失在夜色中。

阿麗目送阿翔離去，這才心滿意足的進入屋內。

一直到現在她才發現，原來自己要的不是阿翔真正可以喜歡她，而是自己可以這樣喜歡阿翔。

而有件事情是一直到現在她都還沒發現的。

那就是有一條細細的紅線，已經把她跟阿翔綁在一起了。

天助自助者，對於自己的幸福，要自己去追求喔！

所以，考試前只想著要臨時抱佛腳的阿翔，當然是砸鍋囉～呵呵！

《故事結束之後　天助自助者》完

現代魔法師
典藏閣
超萌え萌え的魔法美少女戰鬥物語!!
現代魔法師與封印的神劍 01
現代魔法師與祖靈的怒吼 02
現代魔法師的傀儡之舞 03
現代魔法師的修羅地獄 04
現代魔法師之全球通緝令 05
06
現代魔法師與龍的千年輪迴 07
現代魔法師的終點與未來 08
★全套八冊、全國各大書店、網路書店、租書店，持續熱賣中！
美少女魔法師從天而降，其實是：
(a) 中樂透頭彩 (b) 天將降大任於斯人也
(c) 膝蓋中了一箭 (d) 媽我出運啦！ (e) 以上皆是
吐槽系作者 佐維＋知名插畫家 Riv
正港A臺灣民間魔法師故事
《現代魔法師》驚爆登場
華文聯合出版平台 www.book4u.com.tw
采舍國際 www.silkbook.com
不思議工作室
立即搜尋
版權所有© Copyright 2014

飛小說系列120

代理土地公執業中！

出版者■典藏閣
作　者■佐維　　繪　者■Riv
總編輯■歐綾纖
製作團隊■不思議工作室

郵撥帳號■50017206 采舍國際有限公司（郵撥購買，請另付一成郵資）
台灣出版中心■新北市中和區中山路2段366巷10號10樓
電　話■(02)2248-7896　　傳　真■(02)2248-7758
物流中心■新北市中和區中山路2段366巷10號3樓
電　話■(02)8245-8786　　傳　真■(02)8245-8718
ISBN■978-986-271-586-4
出版日期■2015年3月

全球華文國際市場總代理／采舍國際
地　址■新北市中和區中山路2段366巷10號3樓
電　話■(02)8245-8786　　傳　真■(02)8245-8718

新絲路網路書店
地　址■新北市中和區中山路2段366巷10號10樓
網　址■www.silkbook.com
電　話■(02)8245-9896
傳　真■(02)8245-8819

☞您在什麼地方購買本書？☜

1. 便利商店（______市／縣）：☐7-11　☐全家　☐萊爾富　☐其他______________

2. 網路書店：☐新絲路　☐博客來　☐金石堂　☐其他__________

3. 書店（______市／縣）：☐金石堂　☐蛙蛙書店　☐安利美特animate　☐其他____

姓名：__________地址：____

聯絡電話：__________電子郵箱：____

您的性別：☐男　☐女　　　　您的生日：__________年__________月__________日

（請務必填妥基本資料，以利贈品寄送）

您的職業：☐上班族　☐學生　☐服務業　☐軍警公教　☐資訊業　☐娛樂相關產業

☐自由業　☐其他___________

您的學歷：☐高中（含高中以下）　☐專科、大學　☐研究所以上

☞購買前☜

您從何處得知本書：☐逛書店　☐網路廣告（網站：______________）　☐親友介紹

（可複選）　☐出版書訊　☐銷售人員推薦　☐其他____________________

本書吸引您的原因：☐書名很好　☐封面精美　☐書腰文字　☐封底文字　☐欣賞作家

（可複選）　☐喜歡畫家　☐價格合理　☐題材有趣　☐廣告印象深刻

☐其他____________________

☞購買後☜

您滿意的部份：☐書名　☐封面　☐故事內容　☐版面編排　☐價格　☐贈品

（可複選）　☐其他

不滿意的部份：☐書名　☐封面　☐故事內容　☐版面編排　☐價格　☐贈品

（可複選）　☐其他

您對本書以及典藏閣的建議____

____

____

✌未來您是否願意收到相關書訊？☐是　☐否

✎感謝您寶貴的意見✎

印刷品

$3.5
請貼
3.5元
郵票
不思議信箱
FUSIGI POST

235 新北市中和區中山路二段366巷10號10樓

華文網出版集團　收

（典藏閣－不思議工作室）